「あの、ごめんなさい」
「謝ること
ないのに。
伝わったみたいで
安心したよ」
触れてこようとして、止まって。
それからもう一度、これ以上無く優しく
イザークの手が依織の頭を撫でる。
その手のぬくもりに、
バカみたいに安心してしまって、
こぼれ落ちる雫が止まらない。

イザーク
軍の人間。王都が砂漠に
侵食されるという問題を
解決するため、
イオリの住むオアシスを訪れた。
「それにしても、そんなに喜んで貰えるとはね。俺も嬉しいよ」
「あの、凄い、嬉しいです。本当に」
イオリ
ド級のコミュ障。
転生し、オアシスのほとりで
ひっそりとスローライフを
営んでいたが……。

「だが、今回も俺は運がいいらしい。ありがとう。君のお陰でまだ永らえそうだ」
イース
ラクダの世話を担当している、年かさの無口な男性。
「ふむ、そなたが死のオアシスの魔女か。イオリといったな」
ファハド
クウォルフ国の現国王。妻が7人も居るイケオジ。
「……でも魔法以外の話題で女性と親しくするってどうやるんでしょう」
「俺も実は緊張して喋ってたんですけど、お礼言われるなら迷惑じゃないってことですよね。よかったよかった」
ナーシル
魔法研究員。軍に所属してはいるものの、どちらかといえば研究者気質の魔法オタク。
ラスジャ
イザークの同僚。気遣いができて話し上手な青年。

「いや、一応演技で
口説く予定だったんだけど、
俺は王さまじゃないから
本気で口説いてもいいかなーって思って」
「…………はい？」

コミュ障は異世界でもやっぱり生きづらい
～砂漠の魔女はイケメンがこわい～
真白野冬
illust べっこ

イラスト／べっこ
デザイン／Chiemi Taga（REVOdesign）
編集／庄司 智

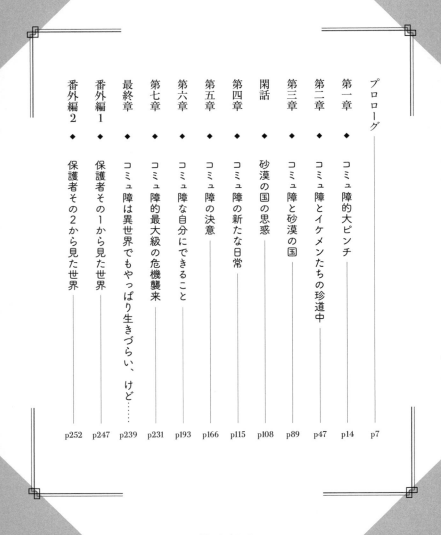

プロローグ

ピンチです。とてもピンチです。

心の中で散々、私を転生させやがった神様を罵倒しながら、どうにかこの場を切り抜けるための手段を考えています。

と、いきなりそんなことを考えてもいいアイデアなんて降ってこない。だって、一番苦手なモノが私に迫ってきているワケだし。

とりあえず、落ち着いて。

どうしてこんなことになったのか思い出してみよう。

始まりは、特に特徴のない日。

日本の某都市の片隅で、私、機野依織《はたのいおり》は死にました。死因は……多分風邪をこじらせたんじゃないかな。

私はいわゆるド級のコミュ障で、物心ついたときから人と関わるのがとても苦手だった。上手《うま》い具合に言い繕った評価が引っ込み思案、というところだろうか。喋《しゃべ》ろうにも相手を傷つけない言葉、相手に嫌われない言葉というのが上手く脳内から引っ張り出せなくてうつむいてしまう。

そんなもんだから、トロくさいとか言われてイジメがはじまった。小中高とずっといじめられっこ。いや、無視はいいんだ無視は。机に落書きとかもダメージがないわけではないけど、まだいい。取り囲まれて罵倒される、あれがすごく辛《つら》かった。それ以来、人前にでるのが本当にだめ。人間がいない場所に行きたいとずっと願ってた。まぁ、叶《かな》うはずのない夢だけど。

そんな私がうまく就職できるはずがない。最初の筆記試験は通っても、面接で上手く喋ることができなかった。予想外の質問に「あ……」とか「えぅ……」とか呻《うめ》くのみで何一つ答えられなかったのだから、当然といえば当然のこと。考えてきた質問であれば一応答えられたのだけれど。

ただ、私は幸いなことに手先は器用だった。小さなアクセサリーや需要のありそうな小物を片っ端から作って売る仕事。所謂《いわゆる》ハンドメイド作家ということにして、どうにか世間の荒波で息継ぎをすることに成功した。人と関わるにしても、文字上のやりとりならまだなんとかなったというのが大きい。ありがとう、文字。ありがとう、文明。

でも、営業ができないと、この職業はとっても厳しい。いいものを作っていれば必ず売れる、なんてことはない。買って貰《もら》えるように積極的に人目に晒《さら》しに行かなければいけないのだ。SNSにアップし、どこどこでハンドメイド市があると知ればそこに参加して実物を売る、などなど。それができたら、そもそもこうなってない。こじらせコミュ障舐《な》めんな！

そんなこんなで私の主戦場はネットのみ。バズって大人気作家になる人もいるけれど、私にそんな運はなかったようだ。ただ、バズると無駄に人と関わる機会や、よくわからないアンチが増えるとも聞くので、結果的にこちらの方が長生きしたのではないかと思う。

ともあれ、どうあがいても生活はカツカツ。食費も電気水道ガス代も削りに削って、最終的には骨が浮いてる状態だった。私の最期はハンドメイドグッズに囲まれた寒々しい部屋で、栄養失調だか風邪こじらせなんだと思う。

それはまぁいい。依頼してくれたものを届けられなかったのは確かに心残りだけど、やっと生から解放された、と思ったんだ。

が、それを台無しにしてくれた存在が居る。

神様だ。

今思い出しても非常にムカムカする。神様は自分は神様だと自称した上で「君にチャンスをあげるよ、嬉《うれ》しいでしょ」みたいなノリで話しかけてきた。

折角、やっと生から解放されたのに……とブチギレた私は悪くない。悪くないったら悪くない。

でも、自称神様と言えど、目の前には人型の物体。しかも無駄にイケメンイケボイス。コミュ障の私が上手くこの気持ちを言葉にできるはずもなく……泣いて地団駄踏んで、たまに呻くような声を発して……が関の山だった。だけど、目の前の輩《やから》はガチで神様だったらしく、私の心を読んだ。

転生希望なんか出してないし、なんならさっさと死んで来世は石ころとか草とかコミュニケーションがいらないものになりたい、という私の心からの叫びを聞かれた。で、謝られた。

謝ってくれたからにはきっと希望通りに転生させてくれると思ったのだが、そうもいかなかったらしい。大変不本意だが、また私は次も人として生きていかなければならないことになった。何度思い出してもこのやりとりはムカムカする。

ただ、神様が最大限こちらの要求を聞いてくれたのは不幸中の幸いだ。
・できる限り人と関わらないですむ場所
・神様側の希望で長生きしてほしいらしいので、簡単には死なない能力
・没頭できる趣味
これらの条件を全て満たしたのが、今の住処《すみか》だ。

私の想像の中にある砂漠よりも、白色が強い一面の砂。白色が強いのは塩分が強いせい、らしい。その塩に侵食された、今にも消えそうな小さなオアシスのほとり。それが、今の私の住処である。過酷な砂漠故に、人通りはほぼゼロ！　まさに理想的な環境と言える。

ペットとしてソルトスライム（塩に侵食されたしょっぱい水から塩抜きをしてくれる有り難い存在）が一匹。一応、神様から錬金術もオプションとして貰ったので、自分で塩抜きも出来る。ソルトスライムと二人三脚で小さなオアシスを維持し、ちょっとの真水でぐんぐん育った椰子《やし》の木やサボテンに恵みを貰う。動物性タンパク質は砂漠蛇とか砂漠サソリで補って、ごく稀《まれ》に現れる盗賊を神様に貰った能力でぶっ飛ばした。

家の裏にはちょっとした畑があって、そこで野菜の他に綿がとれた。その綿で織物《おりもの》を作ることに

没頭した。神様から織機もプレゼントされていたので、それで様々な布を織る毎日だ。コツコツ糸から布を織る生活は正に私の理想のスローライフ。誰かと関わることなく、自分の思いつきで様々な布を織る。織った布はやる気があれば服に加工したが、正直砂漠の暮らしではどんなに凝った服も汗で台無しになってしまう。最初の頃は朧気《おぼろげ》な現代の記憶を頼りに色々チャレンジしてみたが、今は専ら布作りに夢中だ。染めてみたり、綿以外のもの、例えばサボテンの繊維で織ってみたりなど。ちなみにサボテンの繊維で織るとちょっと厚い紙ができた。神様のオプションに紙はなかったのでなかなか嬉しい産物だ。

この素晴らしきスローライフの最大の問題は砂漠で唐突に起こるという砂嵐だ。

だが、神様からのプレゼントである書物に書いてあった、風の流れを変える石だかを作り（これが大変だった。１個作るのに一月《ひとつき》くらい作業した）、うまい具合に配置。少なくとも今のところは砂嵐の直撃にはあっていない。ニアミスはしたけど。ニアミスでも死ぬ思いをしたので、これは早めに作っておいて正解だった。

そんな感じで、時折ならず者は訪れるけれども、会話が必要な人間には関わらず、ひっそりと生きていた。長生きしてほしいという神様の要望で、昼夜の寒暖差が大きい砂漠に住んでいても大分頑健である。あと、サソリや蛇を食べることに忌避感がないのも大きい。前世なら考えられなかった。

が、そんな私の穏やかな日常に大変な障害が現れたのが、本日のことだ。

以上、回想終わり。

「すまない、死のオアシスに住む魔女とは……あなたのことだろうか？」

目の前にはお揃《そろ》いの服装をした野郎の集団。砂や日光を避けるためのマントにベール。その下にちらっと見えたのは、やっぱりお揃いの鎧《よろい》のようなもの。白っぽい素材に金で縁取りしてるとか絶対高価なヤツだ。

普段現れる略奪を前提にしたならず者は、大概バラバラな服装に日光での火傷《やけど》を避けるためのボロマントというスタイルが主流だ。なので、見た目で簡単に略奪者だとわかる。そして、略奪を働こうとした瞬間に鉄拳制裁を加えていた。

だが、こうやって礼を尽くされてしまうといきなり殺しにかかるのも難しい。あと、お揃いの服装は妙に高級そうな布で出来ているため、なんか手をだしたら後が怖そうだ。

とりあえず私と話をしたいのならベール越しでもわかるそのキラキラしい顔面をしまってほしい。

（特に真正面にいる隊長っぽい人の斜め後ろのヤツ！　群を抜いて顔面が眩《まぶ》しい。あんただけでも後ろを向いてくれ！　いや皆キラキラしくてヤだけど！　20代から40代までのイケメン揃えましたみたいなのほんとやめて！）

切実にそう願うが、彼らにその願いは届かなかったようで未《いま》だにキラキラオーラの暴力を振るってくる。

イケメン、こわい。

イケメンは絶対に信じてはならない人種だ。こういうイケメンが私に話しかけるというのは、絶対に親切心からではないというのが定石なのだから。

まぁそうでなくても、私は上手く会話ができない人種ですけれども。

「あ……えと、あの……」

緊張で引きつる喉からどうにか絞りだせたのはそれだけだ。

（もう無理。マジ帰って。誰かこの状況から助けて！！！）

第一章　コミュ障的大ピンチ

イケメン恐怖症も患っている依織《いおり》に効果はばつぐんである。

人数は８人くらいだろうか。何せ狭い家の入り口から見ているだけなので全員の顔は見えやしない。ただし、その顔面が無駄にまばゆいということだけはわかる。なんかわかる。怖い。

本来ならば、逃げる一択だ。

けれど、その場合この家を捨てることになる。この住処《すみか》を無くしたら生きていける気がしない。

いや、神様から無駄に様々な能力を貰《もら》ったので出来るのかもしれないけれど、したくない。

ならば、どうにかして会話を試みるしかない。……それが出来ていればコミュ障という称号をとっくに返上している。

相手もクソ暑い砂漠を頑張ってわざわざ行軍してきたのだから、コチラに用事があることは明白。前世のネットの情報で知った雇われの悲哀を考えると、関わりたくはないが話くらいは聞かないと彼らが可哀想《かわいそう》な目に遭うかもしれない。

それはなんか後味が悪い。

では、どうやって対話をするか。

この場合普通はどうするのか。一生懸命考えたがわからなかった。わかったところで口から言葉が出る気があまりしないというのはある。

「うえ、えっと……」

「あぁ、そうか。すまない。女性の一人暮らしの家に大勢の男が押しかけるのはよくないな。ねぇ隊長、俺が話してみてもいいです？　ある程度権利譲渡されてるし」

「しかし……」

「大丈夫大丈夫。ていうか、こんなプルプル震えてる子に、デカイ野郎どもが威圧してる絵面の方がヤバくない？　国の威信に関わるって。だれも見てないけど」

なんと返事をすればいいかオロオロしていたら、群を抜いてキラキラしいイケメンが先頭にいた人物とそんな会話をしていた。逆光でもイケメンとわかるとかどんだけだ。そのイケメンの声を合図に、彼らは家の入り口からどいてくれる。それだけで圧迫感が随分少なくなった。

どうやら代表の一人だけが会話するスタイルにしてくれるらしい。大変嬉《うれ》しい配慮だがそれでも会話が出来るかどうか……。

ともかく、気遣ってくれたのならばお礼は言わなければならない。

「……あ、りがとう、ございます」

「いやいや、こちらこそ申し訳ない。砂漠の魔女さん、本当に女性一人暮らしだったんだねぇ。なんか不便とかないんです？」

不便を感じたことはない、むしろ一人で大変快適です。と、言葉にできたらいいのだが、依織にできるのはただ首を振るジェスチャーのみだった。

必死に言葉を探しているうちに沈黙が続く。それが気まずくて泣きそうになった。

これだから、人と話すのはイヤなんだ。

「えーと、しゃべれない系……ではないですよねぇ。お礼言ってくれたし。言葉も通じてる。怖がらせちゃったかなぁ？」

キラキラしいイケメンは心までもイケメンらしく、いつまで経《た》っても返事ができない依織を気遣って色々喋《しゃべ》ってくれる。が、それはそれでしんどいのだ。何に対して返事をしていいかわからなくなってしまう。

「ご、ごめん、なさい」

そうやって言葉につまり、やっと出てくるのは謝罪。いつもそうなのだ。

（気まずくしてしまってごめんなさい。会話ができなくてごめんなさい）

姿勢を低くして、謝ってやり過ごす以外の方法がわからない。

「いやいやいや、謝って欲しいわけではなく。うーん、困ったなぁ。こういうのは想定してなかった」

たまに、こんな風に優しい人もいた。気を遣って色々声をかけてくれる。慣れればそういった人とは話すことができたこともあった。ただ、ずっと気を遣って貰うのが申し訳なくて、自分が情けなくて、なんとなく距離を置いてしまう。

昔から何一つ変わっていない自分を再認識して、依織は泣きたくなった。

転生したとしても、神様から色々な能力を貰ったとしても、心根が変わっていなければ異世界でもどこでも生きていけるはずがない。

今更だが、砂漠で生き抜く能力よりもコミュニケーション能力を底上げした方が良かったのではないだろうか。何かあったときのためにとこちらの世界でも言語の使用に困らない翻訳能力は貰ったのに、その辺りを失念していたことに頭を抱えたくなった。

「えーと、とりあえず俺たちに攻撃の意思がないのはわかって貰えるかな？」

こくん、と一つ頷《うなず》く。

「じゃあちょっと質問に答えてもらいたいんだけど、それも大丈夫？」

また一つ頷く。

相手はイエスかノーで答えられる、もっと言えば頷くか首を振るかのジェスチャーだけで答えられる質問に切り替えたようだ。

このイケメンは気遣いも完璧らしい。なんでそんなに能力を持っているのだろう、羨ましい。

「うん、ここまではオーケー。あとは……どうしようかなぁ」

そこまで会話をしてふと、相手がジリジリと日光に焼かれていることに気付いた。

砂漠の日差しは熱いというよりも痛い。いくら日光避けのベールや布を纏《まと》っているとしても相当な暑さだろう。それに、神様からここと人里の距離を大まかに聞いたことがある。この塩に飲まれかけている小さなオアシスに一番近いのは、実はこの国の都らしい。そこまではラクダを走らせて2日ほどかかると聞いていた。都に行く気などサラサラなかったので今の今まで忘れていた。

ということは、彼らは最低2日、徒歩ならばもっと多い日数を砂漠の太陽に照らされて歩いてきたことになる。

(もしかして、要求は水かな？　なら、水を渡したら追い返せないだろうか。あと、2日も移動してきたならおなか空いてるかも？　食料とか、そういうのの補給だろうか)

家の中に入れるのは論外だし、そもそもあの人数は入らない。けれど、以前織った大きめの布を渡して、椰子《やし》の木にでも結んで貰えば天幕もどきはできるだろう。それに水ならここの水場から汲《く》めばいいし、食料も多少であればある。最悪暫《しばら》く水だけで生きることはできるはずだ。

そう思い立ったが吉日、イケメンに背を向けてごそごそと布を探す。

幸い本当に大きな布だったためすぐに見つかった。それを持って、イケメンに差し出す。

「……？」

そこで、やらかしたことに気付いた。

唐突に布を渡されても相手は何が何やらわからないだろう。

「あ、あの！　天幕、の、大きい布。水とか、食料、も、ある、あります」

お前は何人だ、と自分自身に問いたい。いや、日本人であり、ここでは異世界人ではあるのだが。それにしても酷《ひど》い言葉だ。

人と話したこと自体久しぶりなせいもあるだろう。以前よりも格段に会話能力が悪化している気がする。

「もしかして賊の類いと間違われてる？　水とか食料わけてもらえるのは嬉しいんだけど、強奪する気とかないからね？」

身なりでそれはわかっている。ブンブンと首が千切れんばかりに頷けば苦笑を漏らしながらも了解してもらえたようだ。

なんとか水と布を受け取って貰うことに成功した。

あとは食料も押しつけて穏便に帰って貰おう、そうしよう。

バタバタと家の中の保存食をまとめる。女の一人暮らしなのでそんなにたくさんの食料はないが、そこは勘弁して貰うしかない。

そんな依織の背中を黙ってイケメンは見つめている。

「魔女っていうからどんな恐ろしい女性が出てくるかと思ってたんだけど……どう見ても小動物だよなぁ。いやしかし、コミュニケーション困難なのは困ったな。見てて面白いんだけどね」

ポツリとキラキラしいイケメンが呟《つぶや》いた言葉は、依織の耳には届かなかった。

「イザーク殿、それは？」

とりあえず受け取った布を持って、一緒に行軍してきたメンバー達《たち》の元に戻る。するとやはり、困惑した表情で隊長に問いかけられてしまった。いや、わかるよ。俺もどうしたもんかと思ってる。

「布、だね。あの子から貰った、いや、借りたのかな？」

随分と手触りが良く、軽い布だ。その癖日光はあまり通さない厚さがある。何処《どこ》で手に入れたかはわからないが、市場に出せば良い値段で売れるだろう。

「布？　何故《なぜ》？」

「多分だけど外暑いからじゃない？　天幕って言ってたし」

「……ここまでの行軍の間に使用したものがあるのですが」

たった2日程度とは言え、砂漠の行軍はきつい。当然ながら万全の準備をして臨む。ここに辿《たど》り着《つ》けたとしてもそれだけではだめだ。無事に王都まで帰らなければならないのだから。そのため、荷物は7日分を想定して各自持っている。

そういうことを思いつけない程度に彼女は世間知らずのようだ。

「いやぁ、うん。普通はそこまで思いつくよねぇ。あ、あと水と食べ物わけてくれるって」

「ここまでの行軍で手持ちの食料は準備してあるのですが……」

隊長の表情が更に困惑したように歪《ゆが》む。気持ちはまぁわかる。

なんというか、彼女の認識は自分たちのそれとはどうもズレているらしい。

「そうなんだよねぇ。まぁ水は有り難いんじゃない？　俺らの目的ってそれだし」

イザークら一行の目的はこの小さなオアシス、通称『死のオアシス』の調査だ。

何故ここがそんな物騒な名前で呼ばれているかというと、ここの水を飲んだものは最終的に死に至るからだと言われている。砂漠でやっと見つけたオアシスなのにもかかわらず、そこの水が塩分で飲めないという絶望からつけられた通称だ。

王都の西に位置するここは、人が住むのに全く適していない土地と言われている。ここからさらに1週間ほどラクダを走らせれば海があるらしいが、そこまでして行く価値はない。別の土地では海の幸が珍重されるとは聞いている。しかしながらこの国の気候だと、都まで運ぶ間に灼熱《しゃくねつ》の太陽に照らされて腐ってしまう。干せば別かもしれないが、干している間に自分たちが干からびてしまう。何せここから海岸部までの間に食料や水などを補給できる場所がないのだから。

故に王都の西側は放置され、小悪党達のいい隠《かく》れ家《が》となっていた。もっとも、そういう輩《やから》も数日に一度は王都にくる。そうしないと渇いて死んでしまうからだ。

そうやって生活している小悪党、ならず者たちの中で、とある噂《うわさ》が広がった。

『西の死のオアシスに近づくな。凶悪な魔女が住み着いたぞ』

という話だ。

王都の西側を拠点とする彼らの中ではかなり有名になっていた。だが、それだけで終わってはいけないのが政《まつりごと》に関わる人間達だ。

住めないはずのオアシスに人が住んでいる。それはどういったからくりなのか。それを調査するのがイザーク達と言うわけだ。

いずれも腕に覚えがあるものを揃《そろ》えて勇んで出発してきたわけだが、フタをあけてみれば居るのはプルプル震える小動物のような女性一人。オアシスも『死のオアシス』なんて呼ばれているとは思えない。砂嵐がくれば砂で埋もれそうな池サイズの水場と、そのほとりにある小さな小屋。ただ、その周りには椰子やサボテンが成長し、家の裏には畑のようなものがあるのが見て取れた。死の、なんていう冠がつくには首をかしげる程、のどかな光景だ。

そしてそこに住んでいる魔女と呼ばれる人物も、魔女という言葉から連想される風体とはほど遠い。しわくちゃの老婆で、不気味な笑い声に垂れた鼻、というのがイザークの中の魔女像である。恐らく周りの人間に聞いてもほとんどが同意してくれるだろう。翻って先ほど会った女性はどうか。

国では珍しい色素の薄い栗色《くりいろ》の髪に灰色の瞳、肌の色も砂漠に住んでいるのが信じられないほど白く全体的にぼんやりしている。化粧で塗りたくった肌とは違うことは見て取れた。真っ白な砂漠の中に立っていたら見失いそうな儚《はかな》さがある。

黙っていれば美人と言えなくもないかもしれない。だが、ずっと怯《おび》えてプルプル震えているところしか見ていないため、よくわからないのが実情だ。少なくとも、魔女というよりはその辺の小動物という感じだ。

「どこが凶悪な魔女なんだって感じだよね」

「警戒を怠ってはいけませんぞ、イザーク殿。油断を誘っているだけかもしれません」

「……ない、とは言い切れないけどさぁ。そもそも捕まえた連中から聞いた話だと10人くらいなら束になっても敵《かな》わないって言ってたじゃない？　本当にそういう実力の持ち主ならあんなプルプルしなくてもいいと思うんだよねぇ」

　何せ怯えすぎてまともに会話が成立していない。

　混乱しすぎて力が暴走することはあるかもしれないが、今のところそのような兆候もない。ただただ会話が成立しないだけだ。

「それは、まぁ……」

「あと何より、あんな震えてる女性に手をあげられるやつ、いる？」

　泣きそうな顔で怯える姿を全員が見ている。イザークの問いかけに全員が言葉を返せなかった。

　ここにいるメンバーはいずれも腕に覚えがある者で、どんなならず者を相手にしても怯《ひる》まない。必要であれば殺すことを躊躇《ちゅうちょ》しない奴《やつ》らだ。

　だが、あんなにビクビクしている小動物のような女性に手をあげられるか、と言われると微妙なところだ。良心が痛む。それでも仕事ならやらざるを得ない。

　とはいえ、いまのところ、死のオアシスの魔女に攻撃を仕掛ける必要性はなさそうだ。

「では、どういたします？」

「うーん。聞きたいのはこのオアシスがどういうからくりになってるか、ひいては王都の侵食をとめられるか、なんだけどねぇ」

　王都は今深刻な問題に直面している。

クウォルフ国の王都、ルフルは元々この砂漠にあったオアシスを開発して作られた都だ。その都のオアシスが、周りの砂漠に侵食され始めているのだ。豊かな恵みを与えてくれていたはずのオアシスの水が、徐々に飲めなくなってきている。水路も白く濁り、一部の迷信深い者達は「滅びの前兆だ」と嘆く始末。

どうにかして水を確保しなくてはと頭を悩ませていたところで、死のオアシスに人が住んでいるという噂を聞きつけたのだ。

方法を聞ければそれだけでも良かったのだが、あの調子では必要なことを聞き出すまでにどれほど時間がかかるか見当もつかない。

「あの……」

頭を悩ませていると一行の中でも年若い青年がおずおずと会話に入ってきた。

「どうした?」

「彼女、文字は読めるんですかね? デカイ男集団が怖くてしゃべれないって感じがしましたし、文字でこちらの要望を伝えればまだ意思の疎通がとれるかな、と」

「……そういえば、ちらっと見ただけだが書物があったような気もするな」

「それは名案だ。だが問題がある」

「そうなんですよね」

なかなか良い作戦だが、その作戦には致命的な欠点があった。

「俺ら誰も紙とか持ってないんですよね。要るなんて思わなかったから」

「となると、彼女にあるか聞くしかないが」

「ない可能性も大いにありますし、その前に『紙はあるか。あるなら貰ってもいいか』という会話が成立するかどうか」

先ほどの様子を見るに、難航するのは目に見えるようだ。

「せめてうちの隊に女性がいれば良かったんだがなぁ。戦闘になる可能性を考慮したのがまずかったか」

「まぁ、平和な悩みで良かった、と思うしかないな。実際武力で解決も想定してたんだからさ」

そう言ってイザークはちょっと乾いた笑いを浮かべた。


一方その頃の依織は撃沈していた。

大変やらかしました、本当にありがとうございましたと土下座をしたくなる心境である。

実は彼らの会話を聞いてしまったのだ。

勿論《もちろん》わざとではなく。水がどのくらい要るのかわからなかったので、普段使わない瓶に入れてえっちらおっちら運んでいたときに、偶然。

『……ここまでの行軍の間に使用したものがあるのですが』

私が差し出した布を見て困惑気味に言う隊長さんと呼ばれる人。それに苦笑を返すイケメン。

（や、やってしまった。私、転生しても何も変わらない。テンパりすぎて空回りするやつ‼）

前世の頃からなかなか治らない悪癖だ。良かれと思ってこちらはしているものの、コミュニケーションが不足しすぎているため、不必要な押しつけをしてしまうやつ。所謂《いわゆる》ありがた迷惑、といった行為だ。

「穴があったら埋まりたい。幸いここは砂漠。埋ま……ったら熱いからやらないけど」

あまりのショックに瓶をどこかに置き忘れてフラフラと家に帰ってきてしまった。もうやだ、やはり引きこもりたい。誰とも会わずに引きこもりたい。

切実に心からそう思うけれど、現実は待ってはくれない。

自分のふがいなさを床にへたり込んで嘆いていたら結構な時間が経っていた。

コンコンというノックの音で我に返る。

「魔女殿、もしかしてあの瓶の水は使ってもいいのかな？　だとしたらありがとう。ところで話があるのだけど、話せるかい？」

「ひゃい‼」

今更だけど、あのイケメンはイケボだ。こんなコミュ障と話そうという心意気といい、天から二物どころか万物与えられてるんじゃないのだろうか。ちくしょう、コミュ力のところだけ数パーセントわけてくれ。こちとら返事をするだけでも声が裏返るというのに！

と、心の内では多弁に愚痴りながら扉をあける。鍵なんてついていない押すだけのドアなのに、それでも律儀に待っているあたりホントできたイケメンだ。

「ど、どうぞ」

外はまだまだ日差しが痛い。そう思って家の中へ招き入れようとしたのだが、入るのを躊躇《ためら》う仕草が見えた。

（もしかして、喪女の生活臭が激ヤバで入るの躊躇ってるんですか⁉）

イザークの方はと言えば、単純に面食らっただけだったりする。今までプルプル震えて警戒心バリバリだった魔女が、相変わらず震えながらも自分のテリトリーである家の中に招き入れたのだから驚きもするだろう。ほんの少し罠《わな》を疑う気持ちもある。

双方の考えはかなりズレたまま、それでもなんとか会話ができる状態まで持ち込んだ。

会話をしなくてはいけない、という思いは双方変わりないのだから。

「えぇと、まずは布をありがとう。……もしかして、君が織ったのかな？」

日光を避けるため、部屋の中は薄暗い。だが、そんな室内でもドンと存在感を放つ巨大な織機がイヤでも目に入った。あのサイズの織機なら、天幕になるような布だって織れるだろう。

「え、ひゃい、そうです。す、すみませ……」

「どうして？　あの布凄《すご》く良かったよ。君の腕がいいのかな。都で売ったらとても良い値段で売れるよ。自信持って」

ニコリ、と微笑《ほほえ》まれて少し顔に熱が昇る。

（……お世辞でも嬉しい）

自分の作ったものを認めて貰えるのは素直に嬉しい。自分そのものへの評価ではないせいか、昔から作品に対する評価だけは素直に受け取れた。

「あ、ありがとう、ございまひゅ」

相変わらず、上手《うま》く喋れはしないけれど。それでも、自分の作品を褒められたのならお礼を言いたくて頭を下げた。

「そんなかしこまらなくていいのに。助かったのは俺たちの方だしね。あ、あと途中に置いてあった水の入った瓶。あれは貰って良いと解釈していいのかな？」

問われてあんぐりと口を開けてしまう。慌てて首を縦に振るが、頭の中は消え去りたい気持ちでいっぱいだった。

（そういえば立ち聞きした挙げ句水ほっぽりだしてきちゃったー！　あああ、もう穴があったら埋まりたい。でも砂は熱いからイヤ。本当にもうどうして私はこうなの）

先ほど褒められて嬉しかった気持ちが途端に萎《しぼ》んでいく。

自分の欠点ばかり目について消えたくなった。そんな気持ちを知ってか知らずか、イザークは明るい声で続けた。

「ありがとう。綺麗《きれい》な水はとても助かるよ。それで本題なのだけど魔女さんは……って魔女さんって呼び続けるのもアレかな？　名前を聞いても大丈夫？　俺はイザークっていうんだけど」

「あ、い、依織、です」

「アイイオリ？」

「イオリ、です」

「イオリ……なんか不思議な響きの名前だね。うん、了解。で、イオリさん。話すの苦手？」

「はい！」

己の中ではあまりにも自明の理すぎて、思わず元気よく返事をしてしまう。その勢いが面白かったのか、イザークはおかしそうに笑った。なんだかいたたまれない気持ちになり、依織は身を小さくする。

「ごめんごめん、笑ったりなんかして。それでね、色々俺たちとしては伝えたかったりお願いしたいことがあるんだけど、会話が苦手なら大変だろう？　それで筆談できないかと思ったんだけど、読み書きってできる？」

問われてブンブンと首を縦に振る。神様から貰った能力でこちらの世界の言語は、ほぼ読み書き出来るはず。それに、筆談の方がまだ熟考する時間があってマシだ。

その様子に安心したようにイザークは続けた。

「良かった。じゃあ、申し訳ないけど筆談できるような紙とかあるかな？　行軍に余計な荷物は積めなくて俺たち誰も持っていないんだ」

「あ、えと……待って、待ってください」

言われて、広くもない家の中を探る。

申し訳程度にある棚から、依織はそうっと茶色い紙を取り出した。現代日本人の依織からすれば、分厚くゴワゴワで、インクの水分が多すぎると滲《にじ》む粗悪品だ。

あるとき「サボテンの繊維で紙が織れないか」と思いついて作った試作品である。形にはなったが、思っていたほどの作品は出来なくてほったらかしていたものだ。この家にある紙はこれ以外ない。糸を染める染料の配合をメモする程度ならこれで十分だったのだ。

「これ、と……これと……」

普段から使用しているペン代わりの動物の骨、それから墨も用意してイザークに渡す。

「……もしかしてこの紙、手作り？」

受け取ったイザークは興味津々で問いかけてきた。

「え、あ、ひゃい。そうです、すみません」

試作品の粗悪品ですみません、でもコレしかないんです勘弁して下さい。という気持ちを込めて謝る。だが、イザークは楽しそうに続けた。

「すごいね。布だけじゃなく紙も作れちゃうんだ。魔女というよりは職人かな？　器用なんだねぇ」

現代人の感覚からすると粗悪品でしかないソレを、イザークは手放しで褒めてくれた。折るとそこから千切れそうになるし、分厚く手触りも悪い。自分では頑張ったつもりだけれど、欠点ばかりが目についたもの。それを、本当に心から感心したという風に褒められる。

認められたような気持ちになった。

褒められたのは紙なのだが、それでも嬉しさが熱になり、頬に昇ってくる。熱いのは、砂漠の熱気のせいだけではなくなってしまった。

「ありがとう、ございます」

なんとかそれだけを口にして、頭を下げる。胸がいっぱいになりすぎて、噛《か》まずに言えたのがちょっとした奇跡だ。

「紙とか布とか、本当にありがとうね。じゃあお手紙まとめて書いてくるからまたあとで」

筆記用具一式を持ってイザークは出て行った。

一行が待つ天幕までの短い道中の独り言は、砂と乾いた風にしか届いていない。

「面白い、というか。可愛《かわい》い、よなぁあれは。誰だよ魔女って言いだしたの」


依織が住む家の中は、出来るだけ日光を遮断するように作られているため薄暗い。風の通り道用にと作られた狭い穴から少しだけ冷やされた空気が通るため、中はあまり暑くならないのが救いだ。

そんな住居の中で、依織は頭を抱えていた。原因は、イザークが持ってきた紙だ。

この紙からの情報で知ったことだが、彼らはなんとこのオアシスが所属している国の兵士だという。道理で妙に良い装備をしていると思った。賊ではないとは思っていたがまさかそんな公的な相手だとは思わなかった。

「……無礼打ちとか、されないよね？」

会話が出来なさすぎて手打ちとか。

わざわざ筆談とかいう手間をとらせて手打ちとか。

そういうことはないだろうか、と心配になってしまう。そうでなくても、かなり無礼だったような気がしてきた。命は取られないまでも強制労働の刑とかになるかもしれない。

グルグルと頭の中を巡る悪い想像にブルブル震えて怯えながら、なんとかそうならないように返事を考える。

あちらの要求は大まかに言えば一つだけだ。

砂漠の侵食を止める方法を知っているか。

ただ、これについてはなんとも言いがたいところがある。

この小さなオアシスで、依織一人が暮らすだけであれば答えはイエスだ。このオアシスは一人で暮らすのであれば十分な量の水を与えてくれる。ただし、それはあくまで依織にだけだ。何故なら依織には神様から与えられた錬金術がある。その上ペットのソルトスライム、通称シロもいる。シロの主食はこの砂漠の塩だ。錬金術を上手く使いこなせないうちはシロにオアシスの水を濾過《ろか》してもらったものだ。

塩と水を分離させる錬金術と塩のみを食べるスライム。この二つがなければここでは生きられない。

「逆に言えば私かシロが行けば多分なんとかなる。ただし、王都の砂漠もここと同じような塩性砂漠であることが前提だけど」

そこは実物を見てみなければわからない。ただ、ここと同じような塩に侵食された砂漠であれば、水だけでなく土地の浄化も必要だろう。塩が強い土地は作物が育ちづらい。現世で一時期雑草を枯らすのに塩を撒《ま》くというのが話題になったが、あれは土地を殺しているだけに過ぎない。もっとも都会の土地であれば死んでいる方が管理が楽なのかもしれないけれど。人がたくさん居る上に、作物まで育てている場所であれば塩は厄介でしかない。生きる上で必要な塩分だが、過剰であれば人体にも作物にも有害なのだ。

シロはそれをわかってくれているようでオアシス周辺だけでなく、椰子の木や畑の周りもグルグル回っては塩を食べている。

ただ、そのシロが他人の言うことを聞くかは不明だ。というか、依織の言うことだって聞いているんだかわかったものではない。正直、この場所の塩を食べてほしい、というお願いを聞いてくれているだけのような気がする。

「実際今どこほっつき歩いてるのよぉ」

シロは基本的にこのオアシス周辺にいることが多い。が、普段何をしているのかはわからない。気がつけば椰子の木や畑の周りをグルグル回って塩を食べているようだが、それ以外はよくわかっていないのだ。

例外は、砂嵐が近くで発生した日。野性の勘なのかわからないが、そのときは家の中でじっとしている。この家が安全だとわかっているようだ。

「シロが言うこと聞いてくれるかわからない以上、私が行くしかない……？　いやいやいやでも、トリさん来るかもしれないし」

トリさん、というのは数日おきに現れる巨大なトリのことだ。たまたま夜の砂漠を散歩していたところ拾ったトリである。正直に言えば発見当初は「久しぶりに鶏肉《とりにく》が食べられる⁉」と思ったものだ。

生きていて怪我《けが》をしていたためオアシスに連れ帰って手当てをしたところ、なんだか懐かれてしまった。数日おきにこのオアシスに飛んできては、砂漠サソリや砂漠蛇などの動物性タンパク質をもってきてくれる貴重な存在だ。人間でも食べられる部分は依織が、それ以外の殻などの部分はトリさんが食べてくれるので無駄も出ない。

そんな協力関係にあるトリさんが来たときに依織がいなかったら彼（？）も心配するだろう。

なので依織はここを離れるわけにはいかないのだ。

「でも、正直にそう伝えたら無理矢理にでも連行させられるかも……？　ぶっちゃけ私、税金も払ってない不法滞在者よね？」

国民が真面目に納税に応じているというのに、どこからともなく現れた女が税も納めず住めないはずのオアシスに住み着いているのは国としてもまずいだろう。

怒られる、ではすまない。

「ううう、やはり勤労奉仕をして免れるしかない？　やだよぉ、人と接するのいや。知らない人ばかりのところ行くのいやぁ」

どう返事をしたものかと真剣に悩む。

嘘《うそ》を書いてもいいが、真実が明るみに出たときに何が起こるかわからなくて怖い。さりとて本当のことを書いても自分にとっての不利益がありそうで怖い。

泣きそうになりながら悩んでいると、外から男達の騒ぐ声が聞こえた。

「空から襲撃。迎撃態勢に入れ！」

「陣形を乱すな。弓を用意しろ！」

隊長らしき人の号令に、応、という低い声が響く。

だが、今の関心事はそこではなく。

「空から……？　えっ、もしかして」

慌てて家の外に出る。

太陽は相変わらず飽きもせずにこちらを照らし、白い砂漠は日光をこれでもかと反射させて眩《まぶ》しい。

乾いた風の音とともに、バサバサと、依織にとっては聞き慣れた羽ばたき音がした。

「トリさん！」

逆光であまり見えないけれど、それでもあの特徴的なシルエットはわかる。

角度によっては4枚に見える大きな羽と、つつかれたら痛そうな鋭いクチバシ。足には蛇らしきものを捕まえているので、恐らくアレが今回の獲物だったのだろう。

そして地上を見れば、弓に矢をつがえる男達。

そういえば、トリさんの姿はデカイ上に結構怖い。敵と勘違いされても仕方がないかもしれない。だが、依織にとってトリさんは友達のようなものだ。

「待って、待って下さい！　トリさんに攻撃しないで‼」

思っているよりも大きい声が出た。それから、足も勝手に動いた。

砂漠は砂に足をとられて走りづらい。それでも矢を射かけさせないように必死に走る。

が、そもそも運動不足。何せこの世界に来てからの運動らしい運動は夜の散歩のみ。走ったことなどほぼなく、思った以上に動きづらかった。

ズデン、と大きな音を立てて転ぶ。

体のあちこちに砂がついて不快な上に、熱い。

「いたっ、あつっ⁉」

「っ⁉　弓、一度待て！」

無様に転んだ依織の元にトリさんが降りてくる。

ポト、と蛇を置いて、こちらを労《いたわ》るようにギュエエと鳴いた。鳴き声は少々、いや大分可愛くないけれど、やはりトリさんだ。

トリさんは依織を一行から守るように翼を広げる。

そこでやっと、トリさんが勘違いしていることに気付いた。

「トトトトリさん、あの人達今のところ大丈夫！　敵じゃないから！　大丈夫だから、攻撃しないで？　ね？　威嚇もやめてー！」

必死でトリさんをなだめていると、今度は別の場所から声があがった。

「うわっ」

「なんだ⁉　スライム？」

「ぺぺっ。しょっぱい！」

「シロ⁉　暫く姿見てないと思ったら何やってんのあんたー！　ていうか、そんなことできたの⁉」

依織を守るように立ちはだかるトリさん。一行に塩をぶっかけるシロ。

とりあえず攻撃していいものかと悩む国軍ご一行。

この中で一番事情がわかるコミュ障。

三すくみの戦いが今始まろうとしていた。


そんなモノローグが流れそうな中、どうにか場を収めたのがイザークだ。トリさんの威嚇とシロの塩投げに屈せず、そして依織のコミュ障にも屈することなく話を聞いてくれた。

「つまり、あのガルーダはあなたの友人である、と」

「ひゃい……」

ここ数時間で、あちらの翻訳能力は大分あがったように思う。依織のコミュニケーション能力にあまりにも難があるため、察せざるをえないのが正直なところなのだろうが。

依織はトリさんとシロによる襲撃をなんとか宥《なだ》めた。宥めたというか、泣きついたというか。それでなんとなくわかったことなのだが、トリさんとシロはどうやら国軍ご一行様のことを敵襲と勘違いしたようなのだ。そして、依織を守るために行動してくれた、というわけだ。

それ自体はとても嬉しいし、ぶっちゃけ敵襲で合っている気もする。が、彼らを攻撃するとあとあと依織が不利になるかもしれない、ということを言葉を選びながら切々と訴えてとりあえず現状は小休止という形になった。

「いや、まさかガルーダを使役する人がいるとはなぁ。もしかして、ならず者追っ払ってもらったりした？」

思い返せばそういうこともあったかもしれない。コクコクと頷いて見せれば、一行はなるほど、と納得した。

「そりゃ魔女って言われるわ」

「ガルーダ使いじゃあなぁ」

トリさんはどうやらガルーダという種族らしい。やけに大きい鳥だなとは思ったが、異世界なのでこんなものかと思っていた。爪もクチバシもとても立派で、何より金から赤へのグラデーションがかっこいい鳥だ。大きさは依織よりも少し小さい程度だろうか。意思の疎通がきちんとできれば背中に乗せて貰えないだろうかと思ったことは一度や二度ではない。ただ、意思の疎通が全く出来る気がしないので言わなかったが。

「ガルーダっていうのはこの辺りに住んでいる魔物でね、とにかく好戦的なんだ。独自のテリトリーがあって、そこに入ってきた人間を攻撃しているって話だけど生態は詳しくはわかっていない。わかってるのは恐ろしく強くて、きちんとした戦闘力を備えてる集団じゃないと対処が難しいことかな」

「……はぁ」

トリさんがそんなにも強いだなんて依織としてはイマイチピンとこなかった。最初に会ったときはボロボロだったから強い印象があんまりない。ただ、トリさんは褒められてちょっとまんざらでもなさそうだった。

「で、そちらの白いスライムは砂漠でたまに見かけるけど。まさか飼ってる人がいるとは思わなかったな」

対するシロはまんまスライムだ。

スライムはこちらの世界では良く見かける魔物で、さまざまな色や形をしているらしい。環境への適応能力が高い一方で非常に弱い。そのため、大繁殖をして生態系を壊したりしない限り放置されているとのことだ。

どのスライムにも共通する点は不定形な体と、その体のどこかに急所と呼ぶべき核があること。シロはやけに弾力のありそうな半透明の塩の結晶のような体と、ちょっと見えにくい核がある。ちなみに核は体内のどこでも移動可能らしい。

「あ、あの、シロなんですけど。オアシスの維持にすごく役立ってて……」

何度も心の中で反復した言葉を口から出す。シロのことを説明するなら今だ、と思ったのだ。

シロはソルトスライムといい、塩分を主食としていること。先程のように余剰分であれば塩を出すことも出来ること。なにより、水や土から塩分のみを食べることを伝えた。

練習をした言葉なら口に出せる。それは前世の就活練習でわかったことだ。

ただし、それをしたあとは物凄《ものすご》く疲れる。

「つまり、このオアシスの維持はこのスライムのお陰ということか……。スライムと言えば取るに足らない生き物という印象が強くて騎士団のレベル上げにすら使われていなかったが」

「あの、だから。都のオアシスが縮小化している原因が塩にあるのであれば、シロを連れていけばきっと解決するんじゃないかと……」

「しかし、このスライムは君が使役してるのではないか?」

「し……えき?」

使役とは、自分以外の者を使って主に雑用をさせること、だっただろうか。

そういえばトリさんのときもそんな言葉を使われた気がするがスルーしてしまった。

「ええと、テイムというか。このスライムは君と契約した獣魔だと思ったのだが……」

「……シロ?」

テイム、と言われても現代日本人の感覚ではわからない。僕と契約して塩を食べてよ、と言った覚えもない。覚えがないから言われても答えることが出来なかった。そのため、一番わかっているであろうシロに問いかける。

するとシロはプルプルと震えた。彼（?）なりに返事をしてくれてるのだろう。が、スライムには手も足もなく、全ての動作が震えるに通じる。

つまり、わからない。

「ええと、肯定なら縦に、否定なら横に震えて?　あ、わからなかったら動かないでね?　私、シロをテイムしてるの?」

プルプルと横に震えるシロ。

「協力関係、だよね?」

プルプルと縦に震えるシロ。

「横からすまない。こちらからも質問していいか?」

少し黙ってから嫌そうに縦に震えるシロ。先程は小刻みにプルプルしていたが、今の問いにはめんどくさそうにブルンブルンと大きく波打っている。その様子に苦笑して、イザークは質問を続けた。

「彼女と一緒であればこちらに協力して貰えるだろうか？　具体的に言うと、一緒に王都に来て貰い、ここより大きなオアシスの塩分を取り除いて欲しいんだ」

ドロンドロン、とでも言えば良いだろうか。シロの表面が縦でもなく横でもなく波打つ。そして、核がまるで目のように依織の方に向いた。

「えっ……えっ？」

「……もしかして、彼女次第、ということかな？」

イケメンはスライムとの意思疎通まで出来るのか。イザークの問いかけにシロは縦に震えた。

つまり、選択権は依織に移ってきたというわけだ。

「わ、わたし……？　でも、あの、えっと……」

行きたくない。非常に行きたくない。

されど、角の立たない言い方がわからない。どうすれば怒られないか、どうすれば無礼打ちをされないか。そんなことばかり考えてしまう。

「あの、い、家を空ける、荒れちゃう……」

このオアシスは依織とシロが協力しているからこそ保たれている場所だ。だから、離れてしまうと帰る場所がなくなる。と、言いたかった。だがそんな長台詞《ぜりふ》が言えるはずもなくカタコトになってしまう。

それでも言いたいことは伝わったらしい。安心してくれと言わんばかりに頷かれた。依織からすれば欠片《かけら》も安心できないが。

「確か、スライムは分裂できたよね。分裂体をここに置いて、塩の侵食を止めて貰うことはできるかな？　シロ」

そんな高度な技は初耳だ。と、叫ぶ前にシロが勿論だ、とでも言うように縦に震える。

次の瞬間、シロはポコン、という効果音とともに増えた。その数５匹。そのどれもが「どうだ、エライだろう」とでも言うように震えている。

確かにこれだけ居ればオアシスの環境は守られるだろう。

どうにか頭を回転させて作った言い訳も簡単に打開策を提案されてしまった。

「で、でも、盗賊の人、とか……」

まだ往生際悪くあがいてみる。

実際盗まれて困るようなモノはあまりない。織機だけは惜しいと思うけれど。

だがそんな依織の一縷《いちる》の望みもあっさり砕かれてしまった。

「恐らくだけど、ここはそのガルーダの縄張り内なんだろう？　だったら巡回して貰えるように頼めばいいんじゃないかな？」

「えっ……」

思わずトリさんの方を向けば、こちらもこちらで「任せろ」と言いたげな表情をしている。というか器用に翼をサムズアップのような形に変えているような……。

そもそもこの二匹は人間の言葉が通じるのか。

言葉を話すということを放棄していたため、今日まで全く気がつかなかった。

「であれば、ここのオアシス一帯はガルーダとスライムの分裂体に任せてもなんとかなるということになりますね」

「戦力としてはガルーダがいる時点で申し分ないものね。その辺にうろちょろしているならず者なら瞬殺してくれるだろう。それじゃあそういうことで、イオリ殿にはちょっと苦労かけちゃうかも知れないけれど王都までよろしくね」

ギュエエとトリさんが同意するように鳴き、シロの分裂体達が任せろと言うかのようにプルプル震えてみせる。

もはや依織の退路は全て塞がれたのだった。

（どうして⁉　どうしてこうなっちゃうの⁉）

「うちの国の特徴はそんな感じですかねぇ。ところでイオリさん、尻痛くないです？　ラクダ乗りなれてないですよね？」

「へ、へイキです……」

今、依織《いおり》はラスジャという青年にしがみつきながらラクダに乗っている。自分なんかが人様にしがみつくなんて申し訳なさすぎて無理、と思っていた。今でも結構思っている。迷惑をかけて本当に申し訳ない。だが、砂漠の歩きにくさは十分わかっているつもりだ。日が沈んだ夜に30分くらい散歩をしただけで、依織の息はかなりあがってしまっていた。さすが引きこもりのひ弱な現代人がベースなだけある。歩くのが大変な分、体力作りという点においては適していたが。

ともかく、王都まではラクダを走らせて2日だ。

その距離を自分の足で歩こうとは到底思えなかった。そのため、依織は今にも逃げ出したい気持ちを必死に抑えて一行の後ろにかわるがわる乗せてもらっている。最初は何故《なぜ》かイザークが自分の後ろでいいよ、と言ってくれたが、それは隊長の反対にあった。ずっと同じラクダに二人を乗せた場合、そのラクダが疲弊してしまうからだ、と。

砂漠では砂嵐や、砂漠蟻地獄《ありじごく》のようなモンスターが出ないとも限らない。そういった時にラクダが疲弊していては助かるモノも助からない。そのため、疲れを分散させる必要があるとのこと。乗せてもらう依織に意見があるはずもなく、色んな人の後ろにたらいまわしにされている、というわけだ。

現在乗せてくれているラスジャという青年は、気遣いができる優しい青年だ。イザークが貴族的な王道イケメンなら、彼はとっつきやすいイケメンといった感じ。都のことがわからない依織にもおもしろおかしく様子を伝えてくれる。もしもこれが、喫茶店などで向かい合って話していたのであれば、依織だってテンパりながらも頷《うなず》いたり相槌《あいづち》を打ったりしただろう。引きつっていそうだが、笑顔だって浮かべたはずだ。けれど、今はラクダの二人乗り状態。しかもたまに大きく揺れるため必死でしがみついているのだ。

もともとコミュ障な依織が、気の利いた相槌を聞こえるような声で言えるはずもなく、ただただラスジャが話してくれるのを聞くばかりだった。

(すごく話は面白いし、話し上手なんだけど……だからこそ心苦しい!!)

ラスジャは、軍の仲間とよく行く料理店の話から、王都や国の成り立ちまで幅広く話してくれた。記憶に残りやすい話の持っていき方、とでも言えばいいのだろうか。聞いている方の負担にならず、それでいて笑いどころなんかも用意された話なのでとても面白い。もし、依織に質問ができるのであれば更に詳しく色々なことを話してくれただろう。

けれど、そこはそれ。依織である。自分から話しかけるなんて無理だ。

そもそも、慣れないラクダの二人乗りというだけで頭がパンクしそうなのに。

この集団はラスジャもそうだがイザークなど気さくな人物が多い。後ろに乗せてもらった時、なんだかんだと皆話しかけてくれた。隊長と呼ばれていた人物ともう一人40代に見える男性は少々無口だったが、それ以外の全員が色々な話を聞かせてくれた。

それは実は、普段は女性と共に乗るということがないせいで口数が増えていただけだったりする。しかしながら、それを依織が知る由もない。

案外相手も緊張している、ということに気付けていないのだ。

「あ、あの……お話、ありがとう、ございました。楽しかったです」

大きな岩場を見つけたので、一行はそこで小休止をとることにした。

オアシスから持ってきた水と携帯食を口にする。

そこで一度依織は頭を下げた。咄嗟《とっさ》に上手《うま》い返しはできないけれど、話自体はとても楽しかったのだ。そのことだけでも伝えたくて礼を言う。

が、男性陣はその意味がわからず一瞬きょとんとしてしまう。

彼らにとっては同乗者に対する普通の気遣いであり、何の礼を言われたのかがわからなかったのだ。

（……あ、あれ？　私また変な事言った⁉　言ったよね、これ言った！　変な事言った時の反応だ‼　こいつおかしいって思われた⁉）

男性陣が再起動するまでのわずかな時間にそれだけのことを考えてしまい、ちょっと泣きたくなる依織。これだから自分はまともにコミュニケーションができないのだ、やはり自分から会話をしに行くなどやめた方が良かったと心のなかで数秒前の己を滅多打ちにしていると、あぁ、と納得したような声が聞こえた。

「何のことかと思ったら、ラクダの上での話かな？　どういたしましてー。いやぁ実は俺緊張してベラベラ喋《しゃべ》ってただけなんだけど……もしかして、お前らも？」

「あ、なるほど。そういうことかー。じゃあどういたしまして、ですね。俺も実は緊張して喋ってたんですけど、お礼言われるなら迷惑じゃないってことですよね。よかったよかった」

イザークとラスジャが楽しそうに会話をする。それを皮切りに自分も緊張した、という暴露話が始まった。

（……気を遣われてる、っぽい。イケメン集団は流石《さすが》だなぁ）

若干依織の思考がずれてはいるが、それでもなんとか前向きには持って行けたようだ。

少なくとも変な奴《やつ》だと思われていなかった、という安堵《あんど》感が大きい。

「ていうか、イオリさんの方が大変でしょ。こんなむさくるしい集団に突然襲撃されるわ、連行されるわ……。そういや、俺たちのペースで進んでるけど大丈夫ですか？」

「いや、そこは一応隊長も気遣ってくれてるんだぜ？」

「そうそう、女性でしかも全然鍛えてない感じの人だからねー。無理させちゃダメでしょ……って、うわ、隊長ストーップ！」

事実を暴露された隊長が無言で隊員を威圧する。

仲が良さそうなシーンに思わず笑みが漏れた。そういえばいじめられる前、小学校1年生くらいのときだろうか。その頃からやはりコミュ障ではあったけれども、当時は特に気にしていなかった。周りの子が楽しそうにおしゃべりしたりじゃれあっているのを見るのが好きだったように思う。何故だかそんな幼い頃の記憶を思い出し、自然と笑顔になっていた。

輪に入れなくても、楽しそうな空気を感じるのは好きだ。

「おー……」

「笑えるのか、なるほどなー」

思わず漏れた笑みをバッチリ目撃した男性陣も少々驚いている。

何せ今までの依織はイザーク以外の男性陣には、泣きそうになっているか、必死に謝っているかくらいの表情のバリエーションしか見せていなかったのだから。

そんな和やかなムードに文字通り影が差した。

遮るものなどほとんどない砂漠に、唐突に影が現れ、動き回る。

「……あれって、トリさん？」

「別のガルーダか？　恐らくこの辺りはイオリさんのガルーダの縄張りだから、別個体がいることは考えにくいが……」

「あ、やっぱトリさん、です。足、リボン、ある」

飛び回る影をよく見るとヒラヒラとした布状の何かがあるのがわかる。以前手当てをしてあげた際に、包帯がすっかり気に入ったようなのだ。ただ、包帯をいつまでも巻いているのも厨二《ちゅうに》的なアレを連想するので、可愛《かわい》らしく編んだリボンをプレゼントしたのだ。

「なるほど。しかしわざわざどうしたんだろう？」

「トリさんの言葉がわかれば早いのですが……」

しかし、トリさんが流暢に人語を話していたら依織のコミュ障が発動し、友好的な関係を築けたかは怪しい。人ではないのでまだ付き合いやすいような気もするけれど。

ともかく、この場で考えていてもラチがあかないので、岩陰から出て手を振ってみる。

「トリさーん！」

すると、トリさんもコチラをわかってくれたようで、すごい勢いで降りてきてくれた。

「どうしたんですか？」

問いかけると、ギュエエという鳴き声とともに、足で摑《つか》んでいたとあるモノを差し出された。

「これ……私が作った風除《かぜよ》けの石……？」

差し出されたのは握りこぶしよりも一回り大きいくらいの石だ。神様がオプションで付けてくれた錬金術の一つで作成したシロモノ。

砂漠では砂嵐が突発的に起こる。神様の用意してくれた家であっても、砂嵐による被害は防げな

い。そこで、この石を自分で作って自衛しろ、というアドバイスがあった。流石にそんなものを作るのは初めての事なので何度か失敗はしたが、どうにか無事に完成し、その石はほんの少し風を起こしている。

この石の仕組みは単純で、砂嵐の方向をほんの少しだけずらすように微風《そよかぜ》を常に起こし続ける、というものだ。それをオアシス周辺に配置していつも砂嵐の直撃を免れていた。

それをトリさんがわざわざ持ってきてくれた。と、いうことは……。

「もしかして、砂嵐来るの⁉」

そうだ、と肯定するようにトリさんは鳴いた。

「砂嵐だと？　方角はわかるか？」

隊長さんが血相を変えて話しかけてくる。無理もない。砂漠の行軍中に砂嵐の直撃を受けることは、最悪の場合死を意味する。全員の命を預かる立場の彼は、最善の判断を下さなければならないのだ。

依織だってむざむざ死にたくはない。協力できることはなんでもしなければ、という気持ちを持ってトリさんに問いかける。

「トリさん、どっちから来るかわかる？」

しかしながら、トリさんとの意思疎通はなかなか難航した。

焦る気持ちを抑えながら全員でああでもないこうでもないと議論を重ねる。といっても依織にできることはトリさんのジェスチャーや鳴き声の様子から、トリさんの伝えたいことをどうにか噛《か》み砕《くだ》いて全員に伝えることくらいだ。それでも今までのコミュ障具合から考えれば結構な進歩である。他のメンバーは簡易的な地図を砂の上に書いたり、走って逃げることを考えラクダの装備を整えたり、各自できることをやる。

事態をなんとか把握したのはそれから数分後だった。

「これだと下手に砂嵐の方向を動かすと、都に直撃してしまうな」

「イオリさんのオアシスにぶつかる可能性も出てきますから、直進させる方がいいでしょうね」

意外にも、と言ってしまうと失礼だが、ラスジャはこの一行の中では頭脳労働担当のようだ。頭の中に周辺の地図がしっかりと入っており、トリさんが伝えてくれた朧《おぼろ》気《げ》な情報から砂嵐の進む方向も正確に把握しているようだ。

「俺たちが逃げきる、あるいはやりすごすのが最善ですかね」

ラスジャはそう言うが、表情は明るくない。

どちらもかなり困難な方法だ。

「ラクダたちの様子を見てきたが……逃げきるのは無理だろうな。行軍3日目。あいつらもかなり疲れが溜《た》まっている」

ラクダの世話を担当していた年かさの無口な男性、イースが割って入ってきた。

自分達《じぶんたち》のことを言われているのがわかるのか、ラクダたちは長いまつげが生えた目をパチパチと瞬《まばた》かせる。なんとなく「逃げきれる自信はないっすねー」と訴えているような気がした。それもそうだろう。行軍の疲れもそうだが、来るときにはなかった依織というお荷物も追加で運んでいたのだ。

前世の死の直前のガリガリな依織ならまだマシではあったかもしれない。それでも、今の生活で不必要に太ったとは思わない。砂漠での生活は健康的というか禁欲的なのだ。前世に比べれば大分改善されてマシになった。それが裏目に出てしまうとは。

「では、ここで砂嵐が去るのを待ちますか？」

幸い、今休んでいる場所は大岩の陰だ。この大岩をうまく使うのが最善策だろう。

大岩自体は頑丈そうなので、岩ごと吹き飛ばされるようなことはまず起きないはずだ。

「しかし、角度が悪いな。砂嵐の進路が少しでもずれれば全員が吹き飛ばされかねん」

今、日光避けにしている大岩は、ゴツゴツとした横長の形だ。面積が広い方は、ラクダも含め全員が壁にくっつくことができる広さがある。対して、面積が狭い方は確実に誰かがはみ出てしまう。

大岩の広い面積側に対し、砂嵐が垂直に進んできてくれればコトはもう少し簡単だった。上手くすれば大岩に当たった衝撃で砂嵐が分散し、小さくなることすら見込めただろう。しかしながら、運の悪いことに砂嵐は大岩に対し平行気味に進んできていた。これでは全員が大岩の恩恵を受けられない。更に、途中で少しでも進行方向が変われば全員吹き飛ばされかねない。

「とはいえ、それしか方法はないだろう。進行方向がズレないことを祈るしかないな。だとすれば、まずガルーダにその石を元の場所に返すよう頼んでもらえないか？」

依織がトリさんにお願いすると「心得た」とでも言うように一鳴きして、トリさんは飛び立った。本当にあの日出会えてよかったと思う。とても頼もしい味方だ。

「イオリさん、感謝します。最悪あの石が砂嵐に巻き込まれて、縦横無尽に動き回る砂嵐が出来上がったりする可能性もありましたからね」

生き物のように予測不能の動きをする砂嵐なんて対処のしようがない。今更ながらに恐ろしいものを作ってしまったことを実感して依織は少し怖くなった。

だが、事態はそんな依織の感情に関係なく進んでいく。

隊長が指示をだし、全員が生き残れるように動く。

何かやれることを探さなければ、と思う依織の脳内に、この世界に来てからすぐの記憶が蘇《よみがえ》る。

切羽詰まった空気の中で、依織の声が響いた。

「待って！　待って下さい!!」

出会ってからずっとおどおどキョロキョロしていた彼女のその様子に、全員が一度動きを止める。だが、そんな時間の余裕は何処《どこ》にもなかった。

「すまないが、事態は一刻を争う。君はそこで休んで……」

「守るから!!」

「……は？」

「皆、そこにいて！　シロ！」

依織の脳内に浮かぶのは、この世界に来た最初の頃の、やらかした記憶。

夜の散歩に出かけて家の方向を見失ったときのこと。周りは似たような岩や、サボテンや、サボテンをまねたオブジェのような岩ばかりでオアシスの場所がわからなくなってしまったのだ。そんなとき、運悪く砂嵐の直撃に当たってしまった。夜の砂漠の真ん中で、使えるモノは己の体と知識、それから散歩についてきていたシロのみ。

今からやるのはその再現だ。

声をかけられたシロは、心得たとばかりに一度震えると一気に巨大化した。依織の背丈のゆうに3倍はある高さになる。

そして、周囲の塩分を一気に吸い上げる。いつも思うのだが、あの体のどこに大量の塩が吸収されているのだろう。今はそんなことを考えている場合ではないのは承知だ。多分コレは、無意識の逃避行為だろう。

今やっていることに、ここに居る全員の命がかかってるなんて気付いてしまったら、プレッシャーで動けなくなってしまうから。

「うわっ⁉」

「な、なんだぁ⁉」

シロが塩を吸い上げたため、塩混じりの砂漠はあっという間に一段低い、ただの砂地になる。

　そんな戸惑いの声をよそに、緊張で震えながら依織は覚えている錬成陣を構築する。神様がくれたオプションの一つだ。素材をイメージ通りの形に整える錬金術。

「シロ、お願い！」

　依織の合図とともに、巨大化したシロが塩を吐き出す。

　その吐き出した塩を、依織が固めて形を作っていく。自然界にはありえない形の、大きな塩の結晶だ。

「おお〜」

「あーなるほど。流石死のオアシスの魔女」

　完成したのは塩でできた小さいドームだ。小さい、と言っても8頭のラクダと人間が9人、元の大きさに戻ったスライムが1匹入っても問題ない程度の広さがある。

　先ほど身を寄せていた岩にくっつける形で作り上げた円形のドーム。塩でできたかまくら、といえば良いだろうか。これなら砂嵐が去るまで籠城できるはずだ。

　以前、砂漠のど真ん中で砂嵐が接近してきたときもコレで乗り切ったのだ。あのときは1人分のテントくらいの大きさのドームを作った。物凄《ものすご》い音がする中でひたすらシロを抱えて身を縮めて過ごした、あまり思い出したくない一夜だ。

「あ、えと……これで、多分しのげるはず、です。嵐が本格的に近づいてきたら、あそこの空気穴も塞い、で……？？？」

説明している途中で、依織の視界がクラリと歪《ゆが》んだ。

それを合図にしたかのように、吐き気やら悪寒やらも襲ってくる。足にも力が入らなくなり、そのまま砂の上に倒れ込む……と思った刹那《せつな》、誰かが抱き上げてくれた。

「魔力切れだ！　全く、無茶をする。魔女と言えど限界があるだろう！」

そんなちょっと焦ったような、怒ったようなイザークの声を最後に、依織の意識はフッリと途切れた。


横になっているはずなのに、グラグラと視界が揺れる。気持ちが悪い。

依織は今、自分が作った塩のドームの一角に寝かせて貰《もら》っていた。下には天幕に使っていた布が敷かれている。そばには常に人の気配が感じられた。この密閉された空間で吐き散らかされたら後始末やら匂いやらが大変だからだろう。依織は本当に申し訳ない気持ちでいっぱいになった。

（守る、とか何様……。ブッ倒れて迷惑かけて、人手減らして……情けない）

今隣にいてくれているのはイースだ。この集団では隊長と同じくらい年かさで、無口なタイプの人だ。この状況で色々話されても相づちも打てやしない。元から会話は苦手なのは、この際棚に上げておく。ともかく、あまり話さず傍《そば》についていてくれる存在は有り難い。

思う存分反省することが出来る。

（ほんと、守るとか思いあがるのもいい加減にしろって話よね。そもそも自分の限界を分からず力を行使しようとすること自体間違ってるし……。もしかしたら、皆別の方法ちゃんと考えているとこだったかもしれないのに話遮るとかありえない……。本当に私ってバカ……）

「……その、具合はどうだ」

己を滅多打ちにして反省していたところ、静かな声が降ってきた。もちろん、声の主はイースだ。

「すみません……余計な手間をかけて……」

グルグルと考え込んでいたせいで、咄嗟に出てきた言葉は謝罪だった。具合を聞かれたのに謝罪するという見当違いな自分自身が一層情けなくなる。

「あの、だいじょうぶ、です」

なんとかそれだけを返して身を縮める。穴を掘ってでも埋まりたい、そんな気分だった。幸い砂の上なのでいくらでも掘りようはあるだろうが、肝心の体力魔力がもう残っていない。

「俺は魔法の素養が皆無だ。だから魔力切れの辛《つら》さはわからない」

ポツリとそんなことを言い出すイース。

そこから話がどう繋《つな》がるのかがわからなくて、依織は黙って耳を傾けた。視線だけはなんとかイースに向ける。

「砂嵐は天災だ。だから、そのときのために備え、きてしまったら耐え忍ぶ。そういうものだ。だが、行軍の時は違う。準備などできないのが普通だ。だから、行軍の際に出会ってしまったときはまず、優先順位をつける。生き延びるべき人間の、だ。身分や未来がある若い人間、砂嵐が去ったあときちんと都へ導ける人間、そういうものの、序列を決める」

「……」

厳しいけれど、現実の話だ。

全員一緒に仲良く生きる、なんてことは自然災害の前で出来るはずもない。そして、立場ある人達は、その責任を果たすために最善を尽くさなければならないのだ。

誰を絶対に死なせてはならないのか、という取捨選択。その選択を、何度もしてきたのだろう。

「俺は魔力も学もなく、身分もない。ただ、運だけはあって、今まで生き延びてきた。だからこそ、今回ばかりは俺の番だと……そう思った」

そこで、一呼吸を置く。

「だが、今回も俺は運がいいらしい。ありがとう。君のお陰でまだ永らえそうだ」

「でも、……」

守りきれるかはわからない。たしかに、以前よりも塩のドームは厚めに作った。けれど砂嵐に耐えきれるかはわからないし、何より大見得切ったくせに倒れて迷惑をかけてしまっている。

お礼を言って貰えるようなコトができたとは思えなかった。

「……君は、完璧主義だろうか？」

「え？」

不意の質問に素で返してしまう。

「少し、似たヤツを知っている。理想が高く、まだまだだといつも自分を責めていた。だからこそ、高みにいたが……その様は幸せそうにはけっして見えなかった」

依織は、自分が高みにいるとは全く思っていない。けれど、自分を責めている、というのは当たっている気がした。

会話が苦手な自分を、周りに迷惑をかけている自分をいつも責めている。

「最善の結果を生むことは大事だ。だが、同時に、そこに到達するための努力をしたことを認めてやってほしいと思う。自分のために」

話は終わった、とばかりにイースはそっぽをむく。話しすぎた、と思っているのかもしれない。

グラグラと未《ま》だ回る視界の中で、依織は今言われたことを反芻《はんすう》する。

(到達するための努力……って。努力は普通、皆するモノなんじゃ……。だって、私は人と話すことが苦手だから、人の何倍も努力が必要だし……。努力が足りないって、いつも言われてたし……)

子供の頃はずっとそう言われていた。もっとお話しできるよう努力しようね、とか。それを諦められた頃は、せめて勉強できるように努力しようね、とか。幸い勉強は嫌いじゃなかったし、それなりにはした。けれど、一番にはほど遠かった。

一人になってからは、もっと努力することが増えた。ハンドメイドでモノを売る度に、これでもう少し安かったら言うことないといつも言われた。

努力して色んなモノを削って。

削って、削って、削って、削って、削って。

それでも、足りなかった。

(だって、私は話せないから……)

話すのが苦手だから、もっと努力をするべき。

そう思っていたけれど、イースの言葉が何かひっかかる。上手く飲み込めない。

「いやーすごいねー、このドームすっごい頑丈みたい！　ありがとうね、イオリさん」

グルグルと悩むイオリの元へどやどやと残りのメンバーが集まってきた。

どうやら様々な雑事が終わったようだ。

「え、あ……」

「いやほんと凄《すご》いですよ。今壊したら本末転倒なんであとで耐久力どのくらいか試してみたいんですけどいいですか？　ともかく助かりました。でも、魔力切れ起こすほど無茶しちゃダメですよ」

「水には弱そうですが、俺たちが避けたいのは砂嵐ですからね。本当に助かりました」

「ありがとうございます。ラクダたちも屈《かが》んだりしなくていいから凄い楽そうですよ」

口々に礼を言われて目を白黒させる依織。

出来ることをしただけなのに、何故と思ってしまう。

「なんか凄い面食らわれてるけど、イースさん何か言いましたー？」

ラスジャがイオリの反応を面白そうに見ながら、イースに問いかける。

イースは眉間の皺《しわ》を深めながら答えた。

「別に。ただ、完璧主義もいいが、自分の努力の過程も認めてやれ、という話をしただけだ」

「あ、ふーん。なるほどなるほど。イオリさん、お礼言われてるんだから『どういたしましてー』でいいんだよ。さん、はい」

「ど、どういたしまし、て?」

促された言葉を口にしてみる。

どうにも収まりが悪い。けれど、なぜかしっくりくるようなそんな感覚がした。

(そういえば、ありがとうって、いつぶりに言われたっけ?)

言われたことがないわけじゃない。でも、ここまで生きてきて記憶に残っているのはあまりない。だから、どういたしましてという言葉も言った記憶が残っていない。

「まだ魔力戻ってないだろうから安静にしてて。あと野郎いっぱいでむさ苦しいでしょ。今残りの天幕使って仕切り作るから待っててね。具合悪化したらまずいから近くに誰か一人はいるようにするけどさ」

「あ、そんな、気を遣わなくても……」

その気遣いが申し訳なくて、思わず身を起こして断ろうとする。

確かにその方が人の目線がなくて有り難いけれど、そんな労力をかけてまでして貰うことではない。

だが、イザークにやんわりと押しとどめられてしまった。

「ほら無理しちゃだめだって。それとそういうときは別の言葉を言うべきだよ」

「え、あ……」

人から何かして貰ったときに言う言葉。

子供だってわかっている。むしろ、きちんと躾《しつ》けられた子供の方が素直に言える言葉。

「ありがとう、ございます」

「はい、どういたしまして。こんなに頑張ってくれたんだし、遠慮しないでいいからね。ちょっとうるさいとは思うけど、出来るなら寝て体力回復して」

未だ視界はグルグルと回っている。けれど、何故だか少し心が軽くなった。

もうすぐ砂嵐がやってくる。強くなってくる風の音をＢＧＭに依織の意識はゆっくりと遠ざかっていった。

「やっぱり魔女の二つ名は伊達《だて》じゃなかったんだな」

「凄かったですよねアレ。作って貰っておいて言うのもアレなんですけれど、未《いま》だに現実感ないですもん」

半透明なドームの中で、隊員たちは声を潜めて会話をしている。

一番岩壁に近い一角は天幕で覆われていた。言わずもがな、今会話に上がっていた「死のオアシスの魔女」が眠っている場所だ。

「魔力切れ起こしても作ってくれるの見てちょっと感動しちゃったよ」

「ぶっ倒れたときはヒヤヒヤしたけどな」

「いやでもこの大きさかつ、分厚さ見たら倒れるのも納得だよ」

実際、この塩のドームの厚さは鍛えている男性陣の掌《てのひら》よりも幅があった。

それだけの塩を出し入れできるスライムも凄いが、それをこの形に一瞬で整えてしまった彼女の魔法に感服するよりない。

「いやぁ、どんな魔法なんでしょうねこれ。塩を操る魔法なんて僕初めて見ましたよ。魔法は普通四元素のどれかに属するモノ、あるいは組み合わせたモノだと思っていたので驚きです！　分類するなら土魔法なんですかね？　土を構成する一部分だけを取り出して……ってことなんでしょうか。これ土魔法でやるってなったら僕だったら3人がかりでなんとかなるシロモノですよ。それでもこの強度に対抗できるかどうか……。僕、結構土魔法適性ある方なんですけどこの方法はできません！　元気になったらお話しできませんかね？」

普段はどちらかと言えば無口な方の青年、ナーシルが興奮気味に話し出す。

彼はこの一行の魔法担当だ。そのため周囲の男達よりも一回りヒョロい印象がある。実際剣を振るっても彼はあまり強くはない。

彼は水が切れてにっちもさっちも行かなくなった場合、あるいは滅多に現れない物理攻撃が全く効かないサンドゴーレムが現れた場合を想定して帯同してきた。

　砂漠で水魔法を使うのはあまり褒められたことではない、とされている。そもそも水が少なくて苦労している土地で水を無駄遣いするとは何事か、ということだ。実際、水魔法は大気中の水分を無理矢理集めて使っているのではないか、という説は立証されていないものの昔から根強い。また、ここのような乾いた環境で使うのと、湿地帯で水魔法を使うのとでは勝手が違う、という話もある。

　軍に所属してはいるものの、どちらかといえば研究者気質の彼は依織の使った魔法に興味津々といった様子だ。

「確かに気になるよな、あの魔法。でもナーシル、彼女魔力切れ起こしてるんだから無茶はさせるなよ？」

　イザークとしても、こんなドームを即座に作れる魔法はとても気になる。

　上手くすれば様々なことに活用できる。

　とはいえそれは彼女が回復してからだ。一応釘《くぎ》を刺しておかねばと注意しておく。

「させませんよ！　僕をなんだと思ってるんですか⁉」

「魔法オタク」

「研究に見境がないやつ」

「熱くなると周りが見えない」

「ひどい！　でも当たっていて反論できない！」

「ていうか、その前に……彼女とお前で会話になるんだろうか」

「……あ――」

片方は何を喋っても泣きそうな顔をして震える女性。

もう片方は新しい魔法に興奮して早口になるオタク。

「あ、無理だ」

「無理だな」

全員がリアルに想像してしまい、満場一致で無理という判断が出る。どう考えても二人は相性が悪い。

「わ、わからないじゃないですか。彼女が僕と同じ志をもつ人だったら……」

「いやぁ、ないと思うぜ？」

「だよなぁ。ガルーダとかスライム従えてるのにテイムって単語自体わかってなかったし」

何もわからないながら使っているとなると、それまた問題がありそうだが。

少なくとも自分たちの持つ常識が彼女に通用しなさそうなことはわかった。

彼女は生きるために魔法を活用しているだけ、そんな雰囲気だ。

「やっぱりそうですかね。いや、薄々わかってはいたんですけど」

しょぼん、と項垂《うなだ》れるナーシル。

「まぁ、仲良くなれば教えて貰えるかもしれないし？」

「そ、そうですよね。……でも魔法以外の話題で女性と親しくするってどうやるんでしょう」

依織とはまた別方向のコミュ障なナーシルに一同が苦笑する。

それでも、全員が無理矢理止めないのは軍、ひいては国に利益があるからだ。もし、依織の魔法が彼女固有のものではなく、魔力さえあれば使える類いであれば、様々な恩恵が得られる。

ただ、積極的に支援もしない。今回の目的は依織に都のオアシスの侵食を止めて貰うことだ。そういう約束をした。軍の力を用いてそれ以上を望むのは契約違反だろう。

しかし、親しくなって教えてもらうのであればセーフなはずだ。そういう、打算である。

そんな周りの考えを知ってか知らずか、ナーシルはどうすれば会話が成立するかを考えていた。

ドームの外では、次第に風が強くなっている。依織が空けてくれた空気穴からは砂が入ってくるようになっていた。

「空気穴！」

外の様子に気付いたのか。大人しく寝ていると思っていた魔女様が起きてきたようだ。

これはタイミング的には大変ありがたい。

けれど、今までの休憩で魔力が回復したかは怪しいところだ。

「あ、具合は大丈夫ですか？　って、そんな急に動いたら危ないですって！」

心配したナーシルが声をかける。

余りにもフラフラヨロヨロしているため、魔力がよくわからない他のメンバーもハラハラと見守っていた。

「で、でも、あの、穴が、嵐が、密閉しないと」

尊敬を集めていた彼女だが、喋るとどうしてもああなってしまうらしい。会話がド下手、というのはここにいる全員が周知の事実だ。

ただ、彼女がこうだからこそ、魔女という言葉の持つ近寄りがたいイメージが払拭された、とも言える。

「魔力量は少しは回復しましたか？」

「だ、だいじょぶです、多分。それより、あの、塞がないと……」

「そうですね、その方が安全性が高いのは否定出来ません。ですのでお任せしますが……その後はきちんと休んで下さいね？」

本来であれば魔力切れを起こした直後にまた魔力を使わせるなど言語道断だ。

しかしながら、彼女の魔法以外にあの穴を埋める術がない。魔法を使える者がナーシル以外にいないわけではないが、この不可思議な塩の砦《とりで》がどうできているのかは誰にも見当がつかなかった。

下手に補強をして壊してしまっては本末転倒だろう。

今は彼女に任せるしか方法がないのだ。

「がんばり、ます」

隊長の心配するような言葉に、戸惑いつつもはにかんで見せる依織。

それからすぐに、真剣な表情になって空気穴を塞ぎ始めた。

「ギャップがなぁ」

「しかしそこがいい」

「お前ら真面目にやってる彼女見て何考えてんの……」

イザークは呆《あき》れたようにツッコミを入れるが、内心は似たようなものだ。何よりイザークは彼女が自分の織った作品を褒められたときの、照れたような嬉《うれ》しそうな顔を目撃している。この場にいる誰よりも彼女のギャップについてはわかっている人物だ。

だからこそ冷静にツッコミを入れたい。この浮かれた空気に乗ってはいけない気がする。

「あ、イザークさん」

「いいじゃないですかー。あなたと違ってこっちは男所帯に所属するモテない軍団なんですよ。打算も何もない可愛い女の子と接する機会なんて稀《まれ》なんですってば」

「いや、俺も打算のない女性と会う機会はかなり稀なんだけど……」

「それもそうか」

そんな和やかな男達の会話をよそに、依織はきちんと空気穴を塞ぎ、そしてまたぶっ倒れた。

「よっかかっても大丈夫だよ？」

「いえ、あの。はい、平気で……うわぁ」

「半病人みたいなモノなんだから甘えればいいのにー」

ラクダの上で、依織はイザークとそんなやりとりをしていた。

依織が意識を飛ばしたあと、予定通り砂嵐はあの地点を通過した。塩のドームは壊れることなく耐え切り、誰一人失うことなく乗り切ることができた。

ちなみに、ドームはあとで使えるかもしれないから、ということでそのままにしてある。ならず者が住み着く可能性もあるがそれはそれだ。その場合は破壊してしまえば良い。それなりに丈夫に作ったが所詮は塩なのだ。

砂嵐で足止めを食らった分、ラクダも人もきちんと休憩をとれた。依織以外は体力満タン、といった具合だ。依織はといえば、初めて魔力を使い切ってしまったせいか、全身疲労が酷《ひど》かった。ラクダの後ろに乗ってしがみつく体力も残っておらず、むしろ立ち上がることも大変な始末。そこで、後ろから抱きかかえるような二人乗りにチェンジとなった。

コミュ障にとっては地獄である。

世のイケメン好きは役得と思うかもしれない。しかしながら依織は「どうすれば気絶出来るか」を真剣に考えていたりする。それはそれで迷惑がかかってしまうため絶対にやらないけれども。

「結構とばすから無茶はしないでね？」

都まで、ラクダを走らせてあと丸１日くらい。

依織の体調を見ながらになるが、恐らく予定通りに着くことができるだろう。

「落とさないから眠ってもいいよ。交代のときには起きて貰うけどね」

そんな言葉に甘えて依織は目を閉じる。

乾いた砂の匂いが物凄い速さで抜けていった。


そんな経験をした次の日、ようやく依織たちは都へ着くことができた。

王都、というだけあって人が多く賑《にぎ》やかだ。まだ彼らは任務中なので大通りなどには行っていない。それでもこれだけの人がいるというのは栄えている証拠と言えるだろう。

建物は全体的に白っぽい石造り、もしくはレンガ系のものがほとんどだ。太陽を眩《まぶ》しく反射している。

街の中を行き交う人々は全員頭部を隠していた。それは何もハゲているとか宗教上の理由とかではなく、単に直射日光が熱いからだ。特にこの国の人は黒髪が多いためだろう。ただ、前世の世界と違い、やや青や緑がかった黒の人が多いのが印象的だ。深緑や紺と言って差し支えない人も少なくない。

そのような髪をターバンやスカーフ、グトゥラなどで覆っている。前世の朧気な記憶では、そういった装いの女性は黒一色のイメージが強かったがこちらは白や生成りが多い印象だ。たまに鮮やかな赤やオレンジの人も居るので多分オシャレなのだと思う。

待ち合わせのときにああいう派手目な色は便利だろうな、とぼんやり思いながら町並みを眺めていた。

予定通りであれば王城へ行く前に観光でも、という話になっていた（依織は勿論《もちろん》心の中で反対した）のだが、依織の体調が戻らなかったため急遽《きゅうきょ》近くの宿屋を借りることになった。

魔力切れは安静にしていれば治るものだが、終始誰かと密着している状況では依織の精神は全く休まらなかったのだ。

王城には隊長が事情説明をしにいき、王城近くに宿をとってもらう。

小さな個室に一人きりになったときに、やっと心から落ち着けた気がした。

「むりおぶむり」

ここ数日で3年分くらいの人付き合いをした気がする。少なくとも依織にとってはそうだ。

室内ではシロが物珍しそうにポヨポヨと跳ねて動いている。それだけが依織にとって現実感のある光景だ。

壁も床も白っぽい土で作られた部屋。少し狭いけれどベッドはフカフカでとてもいいものだとわかる。洒落《しゃれ》たタペストリーなんかもかけてあって、とてもオシャレだ。

普段ならそのタペストリーを見ながら「どう作ってるんだろう」なんて考えたのに、その気力すらわかない。

砂漠は乾いていたからベトベトはしないけれどほこりっぽい。少しはたいて落としたけれど、本当なら水浴びをしたかった。勿論、そんな贅沢《ぜいたく》はここでは言えないけれど。

「つかれた……」

ただただ、疲れた。

魔力が回復していないから疲れているのか、疲れているから魔力が回復しないのか。どっちかはわからない。

わかるのは、誰かと四六時中一緒に居たから回復しなくて、疲れているのだということ。

この平穏な時間はいつまで続くんだろうか。

「王城……やだなぁ」

ぐったりしながらも、隊長やイザークの話は聞いていた。

依織の体調にもよるが、数日中には王に謁見する、という。そして都の外れの方から塩を除去する作業に入る。

正直に言えば、謁見とかいいから作業してさっさと帰らせて欲しい。

暫《しばら》く打ち上げられたクラゲのようにベッドに身を横たえていた。そんな体勢でどのくらいの時間が経《た》っただろうか。

コンコン、というノックの音でぼんやりとしていた意識が覚醒した。

「はい？」

「イザークです。お加減いかが？　入っても大丈夫かい？　食べるもの持ってきたんだけど……」

「あ、はい」

急いで起き上がり、一度身だしなみを確認してからドアを開ける。

そこには相変わらずキラキラしい顔面をしたイザークがいた。室内だからか、それとも任務が終わったからか、今までつけていたグトゥラは外していた。艶《つや》やかな濃紺の髪がキラキラしい。この時点でキラキラしいがゲシュタルト崩壊しそうだ。

「食欲無いかと思ってお腹《なか》に優しそうなの貰ってきたよ。これ、豆のディップと山羊《やぎ》のチーズ。どっちも柔らかいからパンにつけて食べてね。で、こっちが山羊乳ね」

小さなテーブルにお盆が置かれる。上に載っている料理は日本ではあまり馴染《なじ》みがなかったものだ。パンも食パンを思い浮かべそうになったが、そうではなく何やら丸くて平べったい。改めて異国、いや、異世界なのだなぁと思う。

ディップもチーズも香辛料が混ざっているらしく、食欲をそそる良《い》い匂いがした。

「ありがとうございます」

「どういたしまして。体調はどうかな？　明日には回復しそう？」

「ええと……」

この質問にイエスと答えてしまえば即謁見なのだろうか。だが、いつか謁見をするのであれば、さっさと済ませてしまった方がいいのか。などグルグルと考えてしまい、即答できない。

その様子をどう勘違いしたのか、イザークは、

「無理しなくていいからね。あ、それと食べて食べて。食事終わったらお皿俺が下げとくから」

てしまう。
と労《いたわ》ってくれた。自分に都合の良いようにと計算していただけなのに心配されて申し訳なくなっ

促されるまま一口食べてみる。

少し迷って選んだのは豆のディップの方。豆独特の匂いがあまりせず、口当たりがとてもいい。パンだけで食べると口の中の水分をすわれそうな感じだが、ディップをたっぷりつければそれも気にならなくなった。塩加減もちょうどよく、疲れた体に染み渡る気がする。

何より、久しぶりに食べる自分以外が作る料理らしい料理が嬉しい。

「美味《おい》しい、です」

「そりゃよかった。無理せず食べられるだけ食べてね」

素直に感想を述べれば、嬉しそうに微笑《ほほえ》まれた。顔面が眩しい。

キラキラから逃げるように、今度は山羊のチーズをつけてパンを食べる。こちらはあっさりしているのに濃厚だった。山羊乳は牛乳よりクセはあるが、それが病み付きになりそうな味だ。

「明日の話ちょっとさせてね。食べながらで全然構わないから。謁見なんだけど、そんなに堅苦しく考えなくて良いよ。内外に『死のオアシスに住んでいた魔女に知恵を借りる』って感じのことを示したいだけだからさ。多分王がオアシスを頼む〜って言うから『承りました』とでも言ってくれれば」

その一言だけですむならばなんとかなりそうだ。今夜一晩練習すれば多分言えるだろう。

「頑張ります」

「そんなに緊張しなくていいよー。魔女殿はあんまり話すのが得意じゃないから正式には書面の方がいい、とかちゃんと言っといたから。パレードも断っといたし」

「っ⁉」

パレードというあまりにも縁がない言葉に思わず立ち上がってしまう。

依織の頭の中に浮かぶのは夢の国の光り輝くアレだ。もしかしなくても、その隊列に自分に加われという案が出たのだろうか。

「あ、うん。落ち着いて。パレード断ったから。俺らを守るために体調不良になっちゃったし、環境も変わって弱ってるって言っといたから」

イザークの言葉に、あからさまに安堵の表情を浮かべる。

一緒にいたのは2日程度の短い期間だが、彼は依織の特性をかなり理解してくれたようだ。パレードなんかに担がれた日には、胃壁が貫通する。

「あ、それでね。もう一つ言っておかなきゃいけないことがあって」

「はい」

もうどうにでもしてくれ、というところだ。パレードだかなんだかを回避できれば今のところそれでいい。実際依頼されたことをやれるかどうかもわからないのにそんなこと言われたって困る。

「大変申し訳ないんだけど、今君は俺の片思い相手ってことになってるからよろしくね」

カタオモイ。

その単語を理解するまでにたっぷり10秒程度の時間を要した。

「…………はい？」

やっと出てきたのは気の抜けた声。はぁ、と、はい、の間くらい。

食事の手を止めて、マジマジと相手の顔を見てしまう。

(この人何言ってんだ？)

そこには変わらずおキレイな顔で微笑んでいるイザークがいた。

イザークという男は出会ったときからイケメンだった。

まず所属している軍団（のちに軍の人間と分かったが今でもホンマかいなと思っている節がある）がキラキラしい。だって、無駄に顔面がいい。もしかしたら魔女を顔面で陥落させるために、様々な年代のキレイどころを揃《そろ》えたのかもしれないけれど。ともかく、そう思われても仕方が無いようなキラキラしい集団の中で、イザークは群を抜いてキラキラしかった。

この地域の人間らしい艶《なま》めかしいチョコレート色の肌。最初はグトゥラで覆われていて分かりづらかったがその下にある髪も、濃紺でとてもキレイだ。目の色は赤みの強い茶色だが、いつも柔らかな光をたたえていて優しげ。10人いたら389人くらいイケメンと言う、そんな感じ。

容姿だけでなく中身もイケメンだ。

まず、依織とコミュニケーションが成り立つように会話をイエスかノーで答えられる質問形式にしてくれている。コミュ障的に大変嬉しい。また、今持ってきてくれた食事だって豆とチーズに山羊乳という栄養満点かつ胃に優しいものだ。

何よりも依織にとって印象的だったのは、依織の作品を褒めてくれたこと。あの時の表情は、裏表なく本当に感心してくれていた。打算も何もなく、褒められたことが今でも鮮明に思い出せる。そしてうっかり赤面だってできる。

まぁそういう感じの、完璧なイケメンだ。

そのイケメンが、カタオモイ?

なにそれ、美味しい?　という世界だ。

「いや、実はね。君のことペラペラ話しちゃってね、王様に」

「はぁ」

そこからどうしてカタオモイとやらに繋がるのだろうか。ただ、浮かんだ疑問をわざわざ口にする気にもならず、気の抜けた相槌をうって先を促した。

「可愛い子だーとか、織物《おりもの》がすっごい上手とかね。あ、紙も思わず見せちゃったんだ」

「あ、あの試作品を!?」

そこは聞き捨てならない。あれは失敗作に近い試作品だ。そりゃあ文字は書けるけれど、折り曲げたら千切れてしまう上にペン先が引っかかる粗悪品。

アレを見せたのか。というか持ってきたのか。

ツッコミどころが満載だが、残念なことに依織はパクパクと口を開閉させることしかできなかった。抗議の言葉が咄嗟に出てこない自分が心底恨めしい。

せめて言ってくれれば織り直したのに。そんな時間なかったのはわかっているけれど。

「あ、ちゃんと試作品だよっていうのは言っておいたよー。布は普通に作品でいいんだよね？」

「あ、はい。そう、ですけど」

布はきちんと自分で色々考えて織ったものだ。それでも、天幕用にと渡したものは一番シンプルな布である。お偉いさんに見せるのであればもっと色々あるのに。グラデーションにしたものとか、模様を織り込んだものとか。

「まぁそれでね。うちの王様ちょっと変わってて……いや、為政者としてはアリなのかな？　とにかく有能な人が好き、ついでに女の人も大好きって人でさぁ。わかってて話しちゃった俺らも悪いんだけど、下手したら『第八夫人に！』とか言い出しかねなくって」

「はち⁉」

財力を持ち、次世代を残さなければならない立場の人間がお嫁さんを複数人持つのはよくある話だ。だが、それにしたって第八夫人というのは多過ぎだろう。現時点で7人いる計算ではないか。

「うん。ちなみに君よりも年下であろう14歳のお嫁さんもいるから年齢でアウトはないと思うな。ちなみに王は今46歳です」

「……………ぇぇ？」

日本人的感覚の依織からすれば困惑しかない。

今現在の依織の体は恐らく20歳そこそこ。前世の分もカウントすれば、46歳の王様は許容範囲内としても構わないだろう。許容はしたくないけれど。

だが、14と46は依織的にはアウト中のアウトだった。14歳少女の人権はどうなる、と思ってしまう。

「あ。14歳の第五夫人は本人が押して押しての仲だから心配しないで。この国の成人である18歳になるまでは手ぇ出さないって公言してるから。だからそんな軽蔑した顔しないで！」

「あっはい」

自分が50になっても手を出すつもりはあるのか、というツッコミはしなかった。

「まぁそんな感じに女好きかつ優秀な人が好きでね。すぐ囲いたがるんだよ。だから、俺が今片思い中で相手も憎からず思ってくれてそうな気配があるから手を出すな、口説くな！　って言ってあるんで、そういう感じで話を合わせてくれると助かるなーとね」

「はぁ……」

一応こちらを守るつもりで、そういうことを言ったらしい。

それならばまぁ、わかる。今の依織は身分も何もないただの女性でしかない。一国の王様に「嫁になれ、八番目だけどな！」なんて言われても断れるはずがないのだ。依織の場合はそれ以前に断りの台詞《せりふ》を失礼のないように言えるのかという問題もある。

「ほんと、優秀な人が好きなだけで悪い王じゃないからさ。略奪愛とかしないし。だからそう言っておけば安心だから……多分」

多分なんだ、とは言葉にしなかった。

ともかく事情はわかった。依織としてもこれ以上厄介事に巻き込まれるのはごめんなのだ。そもそも、ここに来るだけで大変疲れている。錬金術で魔力切れを起こしたせいだけではなく、精神的な疲労が酷い。

ここまで他人と長い時間関わったのは、前世の修学旅行以来ではないだろうか。あれは……地獄だった。

修学旅行に比べれば、唯一の女性として気遣われたしマシだったのかもしれない。でも、辛いものは辛いのだ。

嫌なことを思い出してしまいそうになり、依織はそれを振り払うようにフルフルと首をふった。今世は心穏やかに、人と関わらず、織物を趣味として生きるのだ。既に一国の王とかいうビッグネームと関わらなければならないイベントが始まっているので、少々不安があるけれど。

「それにしても、イオリさんほんと変わってるよね。第八夫人とは言え王様のお嫁さんになることに全く興味ないんだ？」

「ない、です」

一瞬言い切ってしまうのを躊躇《ためら》った。ここまできて無礼打ちされるのは避けたい。しかし、イザークは何やら王様に対してフレンドリーだし、それはないだろうと思って言い切る。

実際、為政者の身内なんてとんでもなくめんどくさいに決まっている。おとぎ話の王子様に嫁いだ女性陣の気が知れない。文化も違えばしきたりも違う場所に自ら飛び込むなんて依織には全く考えられない行動だ。

自分は自分らしく、身の程を知って慎《つつ》ましくささやかに引きこもりたい。いっそのこと草とか石ころに生まれ変わりたい。それが依織の切なる願いだった。

神様とやらにその願いは踏みにじられたけれども。

「綺麗《きれい》な服とか、美味しい料理とかの贅沢には興味ないんだ？」

「……なくても、生きられる、ので」

そりゃあ綺麗な服は主に作る方の意味で興味はあるし、料理だって不味《まず》いよりは美味しい方がいい。自分でなんとか間に合わせで作った料理モドキよりも、今目の前にある料理の方が断然美味しい。

けれど、それらの魅力よりも、人と関わる煩わしさや疲労の方が大問題だ。

「あ、よかった。服とか料理が嫌いってわけじゃないんだ？　それより王様のお嫁さんになってたくさんの人と関わる方が嫌、みたいな？」

コクンと頷く。

人と普通に付き合えて、嫌われない自分を夢想することはあった。ただ、そんな妄想も現実に返れば空《むな》しいだけ。現実は、言葉ひとつ返すのにも怯《おび》えてしまう弱虫な自分がいるのみ。だから、高望みはしない。

「ふんふん。じゃあ人付き合いが最小限であればなんとかなる感じかなー？」

「へ？」

先程の言葉をどう解釈したのだろうか。うんうん、とイザークは一人頷いている。

「いや、一応演技で口説く予定だったんだけど、俺は王様じゃないから本気で口説いてもいいかなーって思って」

「…………はい？」

たった二文字の言葉を返すのに数十秒程を要した。

イザークの言葉は依織の理解の範疇《はんちゅう》を棒高跳びで越えていった。

第三章　コミュ障と砂漠の国

「ふむ、そなたが死のオアシスの魔女か。イオリといったな」

「はい」

きらびやかな室内で、大勢の人間に囲まれながら謁見は始まった。

砂漠では贅沢《ぜいたく》品の水がチョロチョロと流れる音がする。イメージとしては日本家屋のししおどしに近い。その他の、例えば依織《いおり》の目には無駄に垂れ下がっているように見える布もかなり丁寧に織られたものなのがわかる。キラキラと光を反射するのは小さな宝石がちりばめられているからだろうか。とにかく、室内がとんでもなく豪華だった。

ただ、それをゆっくり眺める精神的な余裕は依織にはない。この時点で依織は気絶しそうなくらい緊張している。

依織や王の周りを囲む人、人、人。それは万が一何か起きたときのための護衛だったり、それから実務をこなす補佐官達《たち》だったり。ともかく物凄《ものすご》いアウェイだ。

見知らぬ多数の人間にプラスして、この国での最高権力者を前に依織はプルプル震えていた。一応ひざまずいて頭を下げている状態なので分かりづらいとは思うけれど。

ちなみに、イザークや隊長さんは護衛任務なのかこの部屋に配属されていた。一緒に過ごした時間がある彼らなら依織が怯《おび》えてガチガチなのはお見通しだろう。

しかしながらこの怯えの原因は、依織の勝手な想像のせいもある。

昨日イザークに言われたワケのわからないことは頭の隅っこにやるとして。その前の、王様情報を思い出す。

奥さんが現在7人も居て、そのうちの一人は14歳の、現在46歳。その情報を聞いて依織は「さぞ脂っこい石油王みたいな人なんだろうな」と思っていたのだ。年齢も年齢だし、富裕層だから少々お腹《なか》が出ていて、といった感じだ。しかし、実際は全く違った。

光の加減で赤っぽく見える黒の短髪。この国の人間らしく、肌の色はやはり日に焼けた褐色だが、シミなどは見当たらない。威厳と迫力のある目は赤茶色で、見る者を思わず引き込むような魅力と色気がある。目元に浮かぶ皺《しわ》に少しだけ年齢を感じるが、それ以外はどこからどう見てもイケメン・イケオジだった。そりゃ14歳の少女も押せ押せで迫るはずだ。

(失礼なこと考えてしまってすみませんでした。無礼打ちはおやめください。あと早くおうちに帰してください)

しかしながら、年頃の娘が熱を上げそうなイケメン・イケオジであっても依織は特に態度に変化を起こすようなことはない。ただただ、こちらとはあまり関わらず、そっとしておいてくださいと願うばかりだ。

本日の依織の服装は、普段よりも何故《なぜ》かおめかしをさせられている。一応王に謁見するからとのことでなんかよくわからない間に磨かれてしまった。ドヤドヤと色んな人が入れ替わり立ち替わり、この布は白い肌に映えるだのなんだの。依織が一度に相手にできる人数を思い切り超過していた。それだけで依織の体力気力は根こそぎ奪われてしまった。

オシャレが嫌いなわけではない。例えば、ずらっと服が並んだワードローブの前に連れて行かれ「好きなモノを選んで良いよ」と言われたら、それなりにウキウキしながら服を選ぶだろう。そうではなく、たくさんの侍女が入れ替わり立ち替わり服をあてては帰って行ったため、疲れてしまったのだ。

唯一の救いは与えられた衣装の中にフェイスベールがあったことだろうか。薄い布は呼吸を阻害することなく依織の表情を隠してくれるため大変有り難い。コレのお陰で気絶を免れているといっても過言ではない。いや、マジで。今度似たものを織って着用しよう。

「詳しいことは書面で。ともかく、今うちの国はピンチでな。ネコの手も借りたい、という感じなのだ。都のオアシスの件、解決出来ればそれでよし。出来ずとも責めんから、とりあえず取り組んでみてくれ」

「承りました」

たくさん練習したので、これだけは噛《か》まずにスムーズに言えた。

ほっと安堵《あんど》の息を吐きたいところをグッと堪える。まだ安心してはいけない。まだ周りには人間が多く気を抜いてはいけない。どんな失態をしでかし、殺されるか分かったものではない。

相手はこの国の最高権力者なのだ。

知らず、ギュウと手に力が入り、握りこぶしを形作る。

「あぁ、楽にしてよいぞ。ところで……」

楽になんて言われて出来るものか、こっちはただの異世界出身の庶民だぞ、と言えるはずもなく。フェイスベールの下の唇がへの字に歪《ゆが》む。きちんと返事をするために、気合いを入れて言っていることを聞き取らなければ。

だが、そう思うほどに周りの音声を聞き取ってしまう系コミュ障が依織だ。幸いなことにこの場で私語を楽しむ輩《やから》はいないようだが、それでも何故か外の鳥の声なんかまで聞こえてしまう。あぁ、そののどかな声に見合ったところへ私も行きたい、などと現実逃避がしたくなった。

だが、現実は非情なもの。王のイケボが室内に響く。

「甥《おい》に釘《くぎ》を刺されたのだが、イオリ殿はなかなかに可愛《かわい》らしいな？」

「はぇ？」

気の抜けた声が出たが、流石《さすが》にこれは自分は悪くないぞ、と主張したい。

何故王との謁見の場で容姿にお世辞を言われるのだろうか。

（あれか？　あげまくって逆に落とすみたいな作戦だろうか。それとも気が抜けたところで無理難題を押しつける気か？　流石王様、色んな手管を知っている）

「っと、睨《にら》まれてしまったよ。我が甥ながら怖いな。まぁ良《い》い。俺は優秀な人材が流出しなければ

良しとしよう」

「はぁ……」

「もしや、ピンときていないな？　甥とはアレのことだ」

王が指差すので、思わずそちらを振り向いて固まってしまった。

そこにいたのは紛れもなくイザークだ。そういえば周囲に監視されながら王様と会うとかいうド緊張シチュエーションで頭の遥《はる》か彼方《かなた》にぶっ飛んだが、昨日イザークがカタオモイだのなんだの言っていた気がする。

そういえば、似たような言葉も言われたような。

（目の色とかも似てるし。そうか、言動も似るのか。イザークはタラシだったのだ。王様の甥だし第三夫人くらいはいけるクチなんだろうきっと）

そう思うと、途端にイザークの好感度が下がる。なんとなく彼を見る目が残念なものになってしまうのは仕方の無いことだろう。

その視線を受けてイザークは慌てた素振りを見せたが、まあ依織には関係ない。

精々たくさん口説いて子孫を繁栄させてほしいと思う。依織に関係ないところで。

なんとなく、胸がモヤモヤする。多分、王の親族であることを隠されていたからだろう。知っていたら無駄に会話せず、平身低頭で逃げていただろうに。それはそれで問題かもしれないけれど。

「なんだ、教えていなかったのか。まぁイオリ殿。オアシスの件、くれぐれも頼んだ。褒美もできる限りのことはしよう」

「微力を尽くします」

ここで「やったー褒美ー」となれるほど、依織は現金でも楽天的でもない。それに、こういう場合は多分遠慮した方が良いはずだ。日本人の謙虚魂を発揮しなければ。

むしろ褒美として街の一等地に住まいを、なんて言われたら泣いてしまう。依織の望みはいつだって平穏に、人と関わらず、趣味に没頭して生きることなのだから。

ともかくも、これでこの重たい空気の空間から解放される。その安堵からちょっと体から力が抜けそうになる。気付けば掌《てのひら》がぐっしょりと汗で濡《ぬ》れていた。

何か声をかけたそうなイザークのことは、とりあえず頭の隅に追いやった。

明日からは現地行脚が始まるのだ。

依織は王に再度礼をしてから退出した。意識を保った自分を存分に褒めてやりたい気分だ。


照りつける日光は相変わらず。今日も砂漠は埃《ほこり》っぽく、それはクウォルフ国の王都、ルフルでも変わらない。皆日差しを避けるための装飾品を身につけ、街を行き交っている。

依織はそんなルフルの町中をラクダに乗って歩いていた。

「だから、誤解なんだってー。俺まで女好きみたいな目で見ないでー」

正確には、依織はラクダに乗る技術はないので、イザークに乗せて貰《もら》っている。そのせいでさっきからイザークの懇願のような台詞《せりふ》が大変うざい。

別に依織としては、イザークが女好きだろうがなんだろうが関係ないというのに。

(誰でも口説くんですね、と思っただけですよ)

コミュ障であっても、これが言ってはいけない台詞なのは理解している。

何故なら彼は王族の一員だから。不用意な発言で首と胴体がバイバイしてしまっては洒落《しゃれ》にならない。神様から生きるための様々な能力は貰っているけれど、咄嗟《とっさ》の時に発動できるかどうかはわからないのだ。

知らず、唇からため息が漏れそうになって、すんでのところで飲み込んだ。これだけ近くに居るのだから下手なことは出来ない。

死にたくないから、嫌われるようなことはしてはならないのだ。

「あの、イザークさんはほんと女好きではないですよ。めちゃくちゃ言い寄られるだけで」

「はぁ」

イザークと依織が乗るラクダに併走しているのはナーシルだ。彼も後で聞いたところによると、国所属の魔法研究員の出世株だそうだ。ていうか、皆さんエリート。服の準備やら何やらを手伝ってくれた侍女さんたちがキャーキャー言っていた。

ナーシルはフォローしたつもりでそういった言葉を発したのだとは思うが、その言葉であまり印象回復はしない。ようするに、選び放題、よりどりみどりなのだな、と思うだけだ。

「あ――。えっと、そろそろ郊外になるから、少しスピードあげるね」

更に依織のテンションが下がったことを察したのか、イザークがラクダの速度を少し上げる。

今までは人が行き交う場所だったため、人の歩みと変わらない速度だった。そのお陰で街並みなんかも見られてそこそこ楽しかったが、ここからは郊外。事前に貰った情報によると、やはり街の外側に行くにつれて治安が悪くなっていくのだとか。

イザーク達が一緒だから大丈夫だろうけども、物乞いやスリに注意、とのことだった。ちなみに教えてくれたのは隊長さんだ。

人々の熱気交じりだった場所から、人気がまばらなところへ。ラクダたちはやっと歩きやすくなったとでも言うようにリズミカルに歩き出す。

土作りの建物が減っていき、砂嵐が来たら飛んでいきそうなあばら屋が目につくようになった。

今回の目的地は王が福祉のために建てたという郊外の孤児院だ。

「やっぱどこでも孤児って生まれちゃうんだよね、悲しいことに。生まれてきた子供に罪はないし、その子がどんな才を持ってるかわからないから出来るだけ生きていけるようにしてあげたいんだけど……。この国の気候は厳しいからさ」

子供好きなのだろうか。

イザークの言葉の響きは憐憫《れんびん》に溢《あふ》れていた。それを恵まれた人間の傲慢ととるか、為政者の資質と見るかは人によって変わるだろう。

ただ、そこにどのような感情があれど、人を生かそうという思いと、それを実行しようとする部分は評価できると思う。

（……なんとか出来ればいいんだけどね）

シロは依織に抱えられて今は大人しくしている。といっても核の部分は左右へキョロキョロとせわしなく動いているので、彼（？）は彼で落ち着かないのだろうか。

今回の依頼は侵食されているオアシスをどうにかすることだ。

郊外になるほどやはり塩の被害は大きい。この灼熱《しゃくねつ》の大地で水不足に喘《あえ》ぐのは辛《つら》いだろう、ということは依織にだってわかる。

はぁ、と先程とは違い素直にため息を吐いた。

自分になんとかできるのだろうか、という不安が胸を占める。

「大丈夫？」

「……できるか、不安で」

問題が純粋に塩だけならば、シロと依織でなんとか対処できる。

だが、それも一時しのぎだ。

一番怖いのは、その場所の水問題が依織抜きでは解決できない、という結論になること。

そうなったら依織はずっとこの場所に縛り付けられることになる。

（街中とか王宮に住めって言われるより全然いいけどね⁉　っていうか、なんかそう言いたそうな霧囲気じゃなかった？　絶対やだよ、そんなの！　私はぼっちで趣味に没頭してひっそりと生きたいだけなのにー！）

ただ、生きていく上でそれが難しいことだというのは依織だってわかっている。依織があのオアシスで生きていけたのは、神様から貰った能力とシロやトリさんの協力があったからにすぎない。

たった一人で誰の手も借りず生きていけるわけがないのだ。

「大丈夫大丈夫。無理でも処罰とかはしないからさ」

「そうですよー。あまり気合い入れすぎて魔法解明できなくなっても困りますし、リラックスしていつも通りやってくださいねー」

「ナーシル、お前なぁ」

ニコニコと悪気なさそうに告げるナーシルにイザークは呆《あき》れた目線を向ける。

正直なところを言えば「お前の魔法にしか興味は無い」といった感じのナーシルの方がまだわかりやすい。魔法に関する部分をきちんと見せれば彼は納得してくれるからだ。

他の人は、真意が見えない。

イザークは訳の分からないことを言い出し、真意が見えないから今は苦手になっている。

「あ、あの建物ですよー」

何に呆れられたのかわからなかったらしいナーシルが、暢気《のんき》な声で教えてくれた。

その声に合わせて目線をあげると、郊外には不釣り合いな立派な建物が見える。周りがほとんど小屋なのに対して、きちんと地に着いた土作りの建物。そこが、今回の目的地である孤児院のようだ。

　近くの土が濡れているように見える、ということはあそこがオアシスの端っこなのだろう。

「孤児になってしまっても、物乞いにならなくてすむように。ひいては、この国の貧困層をなくせるようにってことで建てた肝いりプロジェクトなんだよね、この孤児院。でも水が手に入らなきゃどんなに建物を立派にしたって無意味なんだよ。人が住めないから」

「そう、ですね」

　そんなことを言われたら、プレッシャーになるに決まっているのに。

　先程から手汗が止まらない。

　けれど、ここにきて一番イヤなのは自分の心情だ。

（確かに、孤児も、孤児院の人も大変だろうけど。何よりもイヤなのは「ずっと頼られ続けるハメになるのはイヤだ」って思ってる自分なんだよね）

　人道的には、自分に助ける力があるのであれば喜んで助けてやるのが普通なのだろう。

　期待に応えられなかったときは「仕方が無い」という逃げ道がある。

　けれど、期待に応えられる力があるのに「人付き合いが怖いから」という理由で拒むのは、おかしいことなのだ。

（普通は、嫌がりもせず助けるんだろうな。でも、私はそこから発生する人付き合いが怖い。見捨

てたいわけじゃないけど。助けられるくせに出し惜しみするのか、とか。そうやって責められるのが怖い）

空は青く抜けるように晴れているのに、依織の心はどんよりと暗いままだ。

そんな依織の心情も知らず、ラクダは順調に歩みを進める。やがて、一行は目的の地に到着した。

「よく来て下さいました。私はこの孤児院を預かるカーマラと申します」

柔和な笑みとともに挨拶してくれた女性は、髪をすっぽりとスカーフで覆い隠していた。年の頃は40代くらいだろうか。雰囲気としては大人しそうで、いかにも孤児院を預かっている子供好きで優しそうな人、という印象を受けた。

なんとなく安心感がある人で、依織も知らずに笑みを浮かべ会釈を返す。

「お疲れ様。ここの泉の様子はどう？」

「良くも悪くも、あまり変化はありませんね」

カーマラは苦笑して孤児院の裏手の方に視線を向ける。きっとあちらが水場になるはずだった泉なのだろう。今は塩に侵食されとても飲めたものではない、と聞く。

孤児院と言えばなんとなく修道院が併設しているようなイメージがあったがここは国営だそうだ。カーマラも国の職員のような位置づけだとか。ただ、個人経営でなかったことが幸いして、なんとかここの子供たちや職員が渇かないだけの水は支給して貰えているとのこと。

とは言っても水を運ぶという作業はなかなか大変だ。

まず、この砂漠では馬車を使うのが難しい。王都の中央部分は固い土も多いが、ここのような郊外は砂地の割合が多かった。もし馬車を使えばすぐに車輪が砂に捕まってしまうだろう。だからこそ、依織はイザークとラクダに相乗りしてきたのだ。

物資のほとんどの運搬をラクダに任せなければならないのは中々に不便だ。

「こちらが死のオアシスの魔女ことイオリ殿です」

「よろしくお願いします」

突然紹介されて、一瞬面食らってしまう。だがそこはどうにか耐えきって、当たり障りのない挨拶を必死に絞り出した。なんとか咄嗟に対応できたが、恐らく依織の笑みはひきつっていたはずだ。フェイスベールをつけてきて本当に良かった。

「まぁ。では、本当にあの死のオアシスに住んでいらっしゃったのですか？」

「ええ。それは我々が保証いたします。ですが、彼女が住んでいたオアシスとここではもしかしたら侵食の原因が違うかもしれません。ですので、過度の期待は」

「ええ、ええ。わかっております。改善しなければしないで、今までと変わらぬ暮らしですもの」

どうやら依織・イザーク・ナーシルの3人だと、交渉及び対話役はイザークになるようだった。

確かにナーシルも少し話した覚えがあるが、彼は彼でちょっと癖がある人物だ。

ナーシルは魔法に関してかなり饒舌《じょうぜつ》だ。ちょっとその勢いに気圧《けお》される部分はあるものの、楽しそうに話すのでコチラもうんうんと聞いてやりたくなる。その反面、それ以外の会話がてんでダメなのだ。と、依織が言えることでもないけれども。

ともかく、依織もナーシルも人当たりという面ではイザークに遠く及ばないため、話すのはお任せ状態だ。

「ご承知いただけて何よりです。では、泉の方へ」

カーマラに先導されて、泉がある孤児院の裏手へ向かう。

「……？」

歩いて行くと段々と土の色が変わっていく。

地面自体が湿っているようだ。前世で見た砂浜のような印象を受ける。

「ふふ、水の無駄遣いをしているわけではないのですよ。自然に水分が染み出てこういう風になっているのです」

不思議そうに地面を見ている依織に気付いたのか、カーマラがそう説明してくれた。

「……もっとも、ここの水分を集めても飲めたものではありませんが」

そもそもここの砂は塩混じりだ。砂漠といえば、砂で濾過《ろか》装置を作ることを真っ先に思い浮かべる人もいるだろう。だが、ここではそれは通用しない。濾過しても砂の中の塩分が追加されてしまうからだ。

（確かサバイバルで太陽の熱を使って水分を集める方法があったはずなんだけど。あ、でもこの世界に黒のゴミ袋なんてないから無理よね。……水を弾く糸とかあれば織れるんだけどなぁ）

前世の頼りない知識をどうにか引っ張り出す。もしその方法が使えるのであれば、皆自力で水を確保できるようになるはずだ。

自分を頼らなくても水を確保できるようになって欲しい、というのが本音である。そのための協力ならできる限りしたい。

永続的に付き合うよりも、一回だけ頑張る方がまだなんとかなる気がする。

（ホント、こういう人間だから好かれないんだよね、私）

自分の利己的な部分に辟易《へきえき》して、自然と眉間に皺が寄った。

「あそこの池のようなところがそうです。よろしくお願いします」

カーマラの声でハッと我に返った。

今やるべきは自己嫌悪に浸ることじゃない。フルフルと首をふって嫌な考えを払い、水たまり近くまで歩いて行く。もちろんシロも一緒だ。

地面に触れる。そこは見た目の色でも分かるようにしっとりと湿っていた。ただ、少し指でほじくったぐらいでは水は染み出てこなかった。

池にも触れてみる。縁《ふち》の部分はそうでもないが、中央部分はそこそこに深いらしい。

（まず染み出てこないように土の壁を作った方がいいかな。あ、でもその前に塩除去しただけで飲めるのかどうか確認しなきゃ）

「あ、あの……」

「ん？　どうした？」

何か、水を汲《く》むモノが欲しい。

頭の中で数度その台詞を繰り返してから、やっと決心して言葉を発する。ぎゅう、と握りこんだ手がちょっとだけ痛い。そのお陰で現実感があるけれど。

「何か、水を汲むモノが欲しい、です」

「あぁなるほど。いきなり全部やってしまうと悪影響があった場合に大変ですものね」

依織的必死の訴えを、ナーシルが上手《うま》く解説してくれた。なるほど、そういう風に言えばいいのかと納得する一方で、そんな長台詞《ぜりふ》を言えば噛んでしまうな、と場違いなことを考えてしまった。

すぐにカーマラがコップを持ってきてくれる。

池の水を汲んで、錬金術を施す。砂の上に簡単な魔法陣を二つ書いて、片方に水を入れたコップを置く。魔力を流すともう一つの魔法陣の上に分解された塩分が移動する、というものだ。仕組みはわからないが、そうすればオッケーだよーと軽く神様が言っていたので、そういうものなのだろうと納得している。

いつもと同じ手順ではあるのだが、人目があると勝手が違うようだ。緊張で手が震える。別にやり方を隠し立てするつもりは毛頭ないが、やはり見られているというのは居心地が悪かった。特にナーシルは依織の使う錬金術に興味津々らしく、聞きたそうな気配を道中ずっと感じていた。今も絶対に見逃さないようにとガン見してくる気配がする。

震える手で魔法陣に触れ、魔力を通す。

たぶん、おそらく、成功。

「あの、塩分は抜けた、と、思います」

錬金術を施した水を差し出す。

すると、ナーシルが受け取りなにやら魔力を流したようだ。

「……ちゃんと飲めそう、ですね」

今の魔力は鑑定だったようだ。こちらも仕組みはわからないが、どうやら目的は達成できたらしい。とりあえずこれで、第一段階はクリアだ。

万が一、この泉が塩以外の何かに汚染されていて飲めない、というのであれば別の手段を考えなければならないところだった。

その後、シロの能力でも問題なく飲み水を確保できることが確認された。どことなくシロは得意げにポヨポヨと跳ねていた。

ホッと安堵のため息を吐くが、まだ問題は残っている。

今はこうして飲み水を確保できたが、それでは毎度依織が出向しなければならなくなるのだ。それを避けるためにどうにか自力で飲み水を確保して貰う必要がある。

そのためにはまず、依織がどうにかしてイザーク達に必要なものを伝えなければならない。

伝えるだけ。

だが、それこそが依織にとって最大の難関であった。

閑話　砂漠の国の思惑

「以上が、孤児院で起きたことの報告になります」

「なるほど、大儀であった。彼女にもそう伝えてくれ」

「ええ」

豪華だが実用的な調度品ばかりが揃《そろ》えられた室内で、クウォルフ国の現国王ファハドは甥《おい》であるイザークと会話をしていた。

内容は「死のオアシスの魔女」を伴って訪れた孤児院での出来事だ。

つまり、依織《いおり》のこと。

「彼女が使う魔法に関してはナーシルから報告書があがっています」

「それは後で読むとして……再現は可能か？」

「結論から言えば現時点では不可能、と」

「あいわかった」

返事を予測していたのか、王は眉一つ動かさずに言う。それは期待していないという意味ではない。イザークはわざわざ「現時点で」という文句を一つ付け足している。であれば、いつかは実現できる技術である、と言ったも同然だからだ。

その技術があれば、この国の民は渇いて死なずにすむ可能性があがる。

「魔法の究明も急務ではありますが、即効性があるのは従魔術師を雇うことかと」

「ほう？」

「彼女のペットのスライムは、砂漠でも良く見かける白いヤツなんですが。彼女曰《いわ》くあれは『ソルトスライム』という種らしいです。そして、その主食は塩。オアシスの水から塩を抜いてくれます。こちらも何度か実験して、塩を分離させるだけであればこのスライムさえいれば大丈夫かと」

報告書の該当部分を指差しながらイザークは説明を続ける。

「スライムにそのような用途があったとはな」

「本当に。弱すぎて自然界で生き残るのも難しいようで大繁殖することもない。軍としても弱すぎて訓練にならないため討伐対象ですらないですからね」

「逆に言えば、このスライムが大繁殖すれば砂漠の侵食問題は解決するんじゃないか？」

「どうでしょう？　正直弱すぎて繁殖させるまえに保護の手間やコストがかかりすぎそうな気がします。そもそもあいつらどう繁殖しているのかさっぱりわからないので」

スライムの生態は未《いま》だに謎が多い。どこかの物好きが個人的に研究しているらしいが、ともかく弱くてすぐ死んでしまうのだ。繁殖の仕方、成長の仕方などまるで謎なのだ。

「まぁ良《い》い。至急従魔術が使える者を集めよう」

「ええお願いします。あ、それから彼女の報告書に面白い提案がありましたよ。他国に『スライム塩』ということで塩を売ってみてはどうか、と」

「どういうことだ？」

イザークは依織から受け取った報告書にもう一度目を向ける。これは彼女が作った紙ではなく、王宮で使われるごく一般的なものだ。彼女が作ったものより多少薄いが、折ると千切れてしまうのは一緒。手触りもゴワゴワしている。品質としては同じようなものだとイザークは思う。

彼女はこれと同等程度のものを自分で作り、試作品と言っていた。彼女なら改良した、さらに品質の良いものを作り上げてくれそうな気がする。

その場合、彼女にとって最適な作業環境を作り上げるのが必須になりそうだけれど。

人や会話が苦手で、いつもビクビクプルプルしている彼女の姿を思い出して、自然と唇が笑みの形になった。

が、今はそんな場合ではない。一度わざとらしく咳払《せきばら》いをして、気を取り直す。

「彼女は国の情勢など全く分かってないようなので、なんとも言えませんが。人体にとって塩は不可欠なもの、海のない内陸では塩は自然にとれるものではない、とのことです」

「ふむ。だが、運搬が大変だろう」

他国に持って行く、ということはそれだけで運搬コストがかさむ。宝石の様に少量で高値がつくのであればともかく、塩であれば原価割れするのではないだろうか。

「そこでスライムなのですよ」

丁寧な文字で書かれた報告書の内容を、かいつまんで説明する。

「スライムは巨大化縮小化など、体の大きさを自在に変えられる能力があるようです。そしてどれだけ中に塩をため込もうとも重さも変わらないようです」

「つまり、商隊に一人従魔術師を入れればそれで事足りる、ということか」

イザークは頷《うなず》いて見せる。今までの人員に人一人をプラスするだけでさらなる利益が生まれるのだ。細かい試算は専門のものにやらせるが、現時点でプラスになりそうであることはわかる。

「問題は従魔術師の確保だな」

「王都内の水場巡回であれば民の安全・安心のためにも軍所属の者の方が良いでしょうね。商隊への参加であれば、適性がありさえすれば誰でも構わないかと」

誰でも構わない、つまり、現在職にあぶれている者でも従魔術さえ使えれば良い。これで働き口が増える。ひいては国の治安向上に繋《つな》がる。

「ちなみに、ナーシルは『自分に従魔術の才はない』と断言していましたが、それでも魔力さえあれば使役することはできそうだ、とも言っていました。スライムを従える程度であれば多少魔力があるぐらいで良さそうです。大分門戸が広くなるかと」

「あいわかった」

門戸が広がればその分トラブルも増える。が、それを抑えてこその政治手腕というものだろう。

この国は砂漠にあるせいで国民全員が豊かとは言えない。この国でしか産出されない宝石や魔石があるお陰でなんとか成り立っている。

これで財源と働き口が確保できれば様々な面で楽になるだろう。

「それからもう一つ」

「まだあるのか」

文句のような口ぶりだが、その顔には思わずこぼれたような笑みが浮かんでいる。死のオアシスの魔女が教える様々な情報が、この国に利益をもたらすだろうことはもはや疑いようもない。ただ、新しい技術を取り入れるとなると、それに付随する法の整備などが手間なだけで。

「この図面をご覧下さい。これは彼女の魔法も、スライムも使わずに飲み水を得られる方法です」

イザークが差し出した図面には、依織が現代日本で聞きかじったサバイバルでの蒸留水の作り方が図解されていた。

水分を含んだ砂地に穴を掘り、中央に水を受け止める器を置き、黒のビニールで覆う。ビニールの中央に重しを置いて凹《へこ》ませ、その一点に太陽の熱で蒸発した水分を集める、というものだ。

ただし、この世界にビニールがあるかわからないため、説明書きには「水を弾く黒色の薄布」と記されている。

「ただ、これに関しては本人は試したことがなく、知識のみだそうです。まず水を弾く黒色の薄布、というものの入手が困難かと」

「ふむ。水を弾くだけならあるがなぁ。まぁその辺りも商人に探させれば良いだろう。対処法はあって困ることはない。……やることが増えたな」

そう呟《つぶや》くファハド王の顔はどことなく嬉《うれ》しそうだ。民思いの施策が多いこの王は一部の民からは賢王と呼ばれている。政治の中枢に近づくにつれ、彼の女好きかつ優秀な人材好きという残念な部分が露呈していき、そうは呼ばれなくなるのだが。

「しかし……」

ともあれ、やるべきことが増えたとしても、これで自国が潤うのであればやらない手はない。

ふと、ファハド王が表情を変える。

「死のオアシスの魔女、などと言わずもう賢者でいいんじゃないか？」

「ですよねぇ」

一国の王と王族に名を連ねる者から、伯父と甥の顔に戻った二人が笑い合う。

「彼女への褒美を考えねばな。何がいいか思いつくか？」

「それがサッパリ。普通の女性が喜びそうな宝石とかはあんまり……って感じでしょうか。それよりは織物《おりもの》が趣味みたいだから織機付きの郊外の家とかの方がいいんじゃないかなぁ」

「郊外？　一等地ではなくか」

「なんていうか、凄《すご》く人見知りするみたいで。多分人付き合いが煩わしくてあそこに住んでたんじゃないかなぁ。出自わかんないですけど」

依織はこれまでの経歴が一切不明だ。

それもそのはず異世界から転生してきたので、この国だけでなく世界のどこにも戸籍はない。そもそも戸籍が整っている国の方がこの世界では稀《まれ》である。

「……確かに出自は気になるな。まぁそれよりも、この得がたい人材を他国に流出させない方が大事だ。お前結婚しないのか？」

「伯父さんのせいで『女好き一族』って感じで警戒されちゃいましたよ」

「なんと……。色恋でつなぎ止められるのであれば安上がりですむんだがな」

国への貢献は多大なものである、と思われている依織。

本人のあずかり知らぬところで様々な思惑が交錯していた。

講談社ラノベ文庫
2023.9
ラノベ文庫通信
kodansha Lightnovel news
講談社ラノベ文庫&
Kラノベブックス
2023年9月の新刊
大好評発売中!!
2023年9月新刊は
9月1日頃発売!
新作
デスループ令嬢は生き残る為に
両手を血に染めるようです
著：沙寺絃
イラスト：千種みのり
定価：770円（税込）
第14回
講談社ラノベ文庫
新人賞
受賞作!
「参加者に紛れている悪魔を殺すまで、このゲームは終わらない」
アインホルン伯爵家の令嬢ヘルミーナは、幼馴染の侍女のシャルロッテと共に、北方の古城の中で『邪神召喚の儀式』という殺し合いのゲームに巻き込まれてしまう。
城にいる八名の人間の内、二人が“悪魔”となって一晩に一人誰かを殺害する。悪魔でない人間は疑わしい人間を一日一回投票で処刑し、悪魔を全滅させるまで城からは出られない。死が迫るゲームの中で、ヘルミーナはシャルロッテを守るために一心不乱に生き延びようとするが……!?
推理と死の輪廻が紡ぐ衝撃必至の人狼系デスゲームファンタジー、ここに開幕!

ポーション頼みで生き延びます!

I Shall Survive Using Potions!

ABCテレビ・テレビ朝日系列全国24局ネット
ANiMAZiNG!!!にて**10月7日(土)26時**から、
BSフジにて**10月13日(金)24時30分**から放送予定

STAFF
監督：中西伸彰　シリーズ構成：伊神貴世　キャラクターデザイン：菊永千里
音楽：堤 博明　音楽制作：ポニーキャニオン　アニメーション制作：寿門堂

CAST　カオル：久住 琳　セレスティーヌ：東山奈央　フランセット：高柳知葉
エミール：小泉萌香　ベル：岩田陽葵　レイエット：北川菜月

情報はこちらから!
https://potion-anime.com/　https://twitter.com/potion_APR

講談社ラノベ文庫　アニメ化情報!

●『レベル1だけどユニークスキルで最強です』(Kラノベブックス)
TVアニメ放送中! TOKYO MX：毎週土曜 22時～　BS日テレ：毎週土曜 23時～
公式サイト→ https://level1-anime.com/　公式Twitter→ https://twitter.com/level1_anime

●『実は俺、最強でした?』(Kラノベブックス)
ABCテレビ・テレビ朝日系列全国24局ネットANiMAZiNG!!!枠にて、**TVアニメ放送中!**
TVアニメ公式サイト→ https://jitsuhaoresaikyo-anime.com/
公式Twitter→ https://twitter.com/jitsuoresaikyo

●『転生したら第七王子だったので、気ままに魔術を極めます』(講談社ラノベ文庫)
アニメ化決定! TVアニメ公式サイト→ https://dainanaoji.com/
公式Twitter→ https://twitter.com/dainanaoji_pro

●『ポーション頼みで生き延びます!』(Kラノベブックス)
ABCテレビ・テレビ朝日系列全国24局ネット ANiMAZiNG!!!にて**10月7日(土)**26時から、
BSフジにて**10月13日(金)**24時30分から**放送予定**
TVアニメ公式サイト→ https://potion-anime.com/　公式Twitter→ https://twitter.com/potion_APR

●『転生貴族、鑑定スキルで成り上がる
～弱小領地を受け継いだので、優秀な人材を増やしていたら、最強領地になってた～』(Kラノベブックス)
2024年TVアニメ化決定! 公式サイト→ https://kanteiskill.com/
公式Twitter→ @kanteiskill (https://twitter.com/kanteiskill)

第18回 講談社ラノベ文庫新人賞募集中!! 詳細はこちら⬇
https://lanove.kodansha.co.jp/award

023年10月新刊ラインナップ、その他最新情報はこちらをチェック!
講談社ラノベ文庫公式サイト　https://lanove.kodansha.co.jp/
講談社ラノベ文庫公式Twitter　https://twitter.com/K_lanove_bunko

式会社講談社新刊・新製品情報(ラノベ文庫通信)No.142　2023年9月　発行：講談社　編集：講談社ライトノベル出版部
023年9月1日発行　本誌掲載記事の無断複製・転載を禁じます。　〒112-8001 東京都文京区音羽2-12-21

KODANSHA

第四章　コミュ障の新たな日常

あの顔のキラキラしい軍団が依織《いおり》のオアシスに来てから数日。

それからずっと、依織は心安まる日がなかった。

そもそも依織は一人の時間が必要なタイプだ。

例えば「休日の予定は？　え？　家にいる？　ってことはヒマじゃん？　どっか行こうよ」なんてタイプとは根本的に合わない。理解し合えないのだ。

そして、どちらかというとこの国の人間はこのタイプが多い。他人との距離感がかなり近い、というよりあまり気にしない感じだ。

男性陣の中で一人だけ女性だった道中の方が、まだ気遣われていたかもしれない。

王宮での挨拶からこちら、依織は王宮内の一室で世話になっている。そして、その間ずっと侍女が傍《そば》にいる状況だったのだ。

（寝込むかと思った。いや、有り難いんだよ？　有り難いけど四六時中ずっと見張られてるの無理！　あくびをすれば「仮眠いたしますか？」、お茶を飲めばすぐさまおかわりが持ってこられる。この状況でくつろげるタイプじゃないんですよ私は！）

侍女達《たち》は自分の職務を全うしているだけなので、責めるのも筋違いだ。そもそもなんて言葉をかけていいかわからない。

一応依織も努力をしなかったわけではないのだ。一生懸命言葉を選んで、

「一人になりたい」

と、告げてみたのだ。大分つっかえたけど。

そんな一世一代の勇気を振り絞った結果何が起きたかと言うと、

「ですがその、イオリ様は奥ゆかしい方ですから。何かあってもこちらに声をかけてはくださらないでしょう?」

やんわりと、ではあるがコミュ障を指摘されて撃沈した。

確かに何かあっても依織は言わないだろう。流石《さすが》に襲われでもしたら悲鳴ぐらいはあげるはず。しかし、そこは依織だ。もしかしたら悲鳴をあげるのではなく、息を飲んで固まるかもしれない。侍女の懸念も尤《もっと》もであった。

依織自身はまだ気付いていないが、周囲からは「あの死のオアシスで暮らしていた、砂漠の救世主」のように見られている。その依織に万一の事があれば、この侍女の首は比喩でなく飛びかねないのだ。自分の担当時間中は目を離せないと思うのは当然の心理だろう。

侍女の立場はわかる。事情がわかっていない依織も、仕事上仕方が無いと言われれば受け入れざるを得ない。

だが、一方で否応《いやおう》なく依織のストレスはたまっていくのだ。

徐々に神経が磨《す》り減《へ》らされ、ぐったりとしていく。

そんな依織を見かねたのか、イザークがいち早く王に打診してくれたらしい。

数度目の塩抜き応急処置のあと、突然イザークに連れられてきたのがこの場所だった。

「とりあえず、この建物全部使って構わないよ。織機と、あと、糸はある程度持ってくるよう頼んだよ。もし、追加で欲しいものがあったらこの紙に書いてね。申し訳ないけど、護衛は必要だから建物の外に数人待機してる。そこは目を瞑《つぶ》って欲しいかな」

「あ、いえ、あの……」

イザークに案内されて到着したのは、周囲の建物と比べればこぢんまりとした一軒家。日本人感覚で言うと、それでも十分な広さがある。大人4～5人で住んでも大丈夫そうな感じだ。

1階中央には大きな織機が1つ、我が物顔で居座っている。その周囲には小さめの織機が2つ。パッと見ただけだが、恐らく織り方が違うものだというのがわかる。別室には急遽《きゅうきょ》揃《そろ》えてくれたらしい、色とりどりの糸があった。

趣味に没頭するスペースだけでなく、寝るスペースも完備。

ここは、王宮の離れのうちの一つなのだ、と説明された。

「小さい上に、なんか軟禁状態っぽくてホント申し訳ない」

イザークはそう眉尻を下げて謝ってくれる。

だが、依織にとってはこれ以上ない環境だった。胸がつまって上手《うま》く言葉を発せない。

「あの、嬉《うれ》しい、です。ありがとうございます！」

思わず目が潤むほどに嬉しい。

王都にきて一番嬉しい対応だった。

趣味に没頭できる一人きりのスペース。依織にとってこれ以上のものはないといっても過言ではない。パーソナルスペースが狭そうなこの国の人間が、まさかここまで自分にピッタリの贈り物をしてくれるとは思わなかった。ほんの少しだけ、イザークへの評価が上向きになる。

一番の望みは依織ごと死のオアシスの存在を忘れてくれることだが、そうはいかないのは依織だってわかっている。国にとって有用であるのならば、魔女だろうがなんだろうが使わなければ為政者としてはよろしくない。その辺りへの理解があるから、依織だってなんだかんだで逃げだそうとはしなかったのだ。

だが、それはそれとして四六時中誰かの気配を感じるというのは依織にとって最大のストレスだった。

王宮にいれば侍女に張り付かれ、移動中はイザークとともにラクダの上、外出先ではシロとともに塩抜き応急処置を現地の人間とナーシルに見守られながらこなす。

いつでもどこでも誰かが必ず傍に居たのだ。

それと比べればこの環境は天国だった。

「良かった。普通に宝石だのお家《うち》だのあげても喜んでくれなさそうだからさ。基本的に人がくるのは食事を運ぶ人と、俺とかあと王の使者とかかな?」
日に何回かは人と接触しなければならない。それはまぁ、生きる上で仕方が無いことだ。という
か、食事まで運んで貰《もら》って上げ膳据え膳なのだから文句は言えない。
「それにしても、そんなに喜んで貰えるとはね。俺も嬉しいよ」
「あの、凄《すご》い、嬉しいです。本当に」
自分の貧弱な語彙力と、コミュ障を嘆きたくなってしまう。
ここに来て一番嬉しい出来事なのに、その感情を伝えることができない。ただ、嬉しいと繰り返
すだけだ。
しかしながら、聡《さと》いイザーク相手だと、この少ない語彙でもそれなりには伝わったらしい。
ふわり、とあのキラキラしい顔面でこれでもかという笑顔を見せてくれた。うお、眩《まぶ》しい。
「いやぁ、こんなに喜んで貰えるとこっちとしても嬉しくなっちゃうよ。だって初めて見たもの、
イオリさんのそんなに嬉しそうな顔」
言われて依織は、ペタリと自分の頬に触れる。日本では「辛気くさい」「覇気がない」と言われ
ていた顔面。そういえば、今世ではどうなっているのだろうか。水面に映したときはそんなに変わ
らないような気がしたが、そもそも前世の自分の顔をあまり覚えていない。そういえば化粧が必要
な職についていなかったため、マジマジと自分の顔を見つめたことがなかった。
触れたって自分の顔の造形はわからない。精々、王宮の食事によって栄養状態が改善されて肌触

りが良くなったことがわかるくらいだ。

「はは、別に何もついてないよ。ただ可愛《かわい》い子の喜ぶ顔は何度見ても良いね、とは思うけど」

イザークの言葉に心臓がビックリして跳ねる。

心を許して、頑張ってお礼を伝えた途端にまたコレだ。

イザークという人はどうやら依織をからかうのが趣味なようで。

おそらくは誰にでも言っているのだろうけれど、可愛いだとか何かと依織を褒めてくれる。好意を向けられるような人間じゃないのはキチンと理解しているはずなのに、勘違いしてしまいそうになるじゃないか。

(王様の女タラシ、ううん、人タラシって遺伝するのね。イザークは甥《おい》っ子だけど。そうじゃなきゃわざわざこんなコミュ障にまで優しい言葉かけないもの)

「あーまたなんか不穏なこと考えてない？　信頼は徐々に勝ち取るモノだとわかってはいるけどさぁ。ともかく、新作の布楽しみにしてるね。一番切羽詰まってるところの塩抜きは終わったから、今後は少しスケジュールに余裕できるんじゃないかな？　毎日塩抜き行脚は疲れるよねー」

「えぇと……」

ここでハッキリ疲れると肯定してしまって良いものか悩む。実際問題として協力する代わりに衣食住を全て面倒見て貰っているのだ。実質これは仕事なのではないだろうか。依織本人の希望は丸無視されている部分はあるが、世話になっていることに変わりはない。その状況でなんと返事して良いかがわからず、依織は曖昧に微笑《ほほえ》んだ。

「あっはっは。ハッキリ言っちゃってもいいのにー。でも協力してもらって凄く助かってるんだよねこっちは。だからこっちこそありがとう。で、お願いついでに、と言ったらヘンかもしれないんだけど、一個リクエストしてもいいかな？」

「えと……何、ですか？」

　こういう場合の、ついでのお願いというのは、依織にとって難題であることが多い。恐らく他の人間であればついでに頼むような用事であっても、コミュ障にはしんどいのだ。例えば「ついでに伝言お願い」とか。

　どんな無茶振りをされるのかと身構えてしまったのが伝わったのだろう。

　それでも、イザークは苦笑しながら続けた。

「布、織ったら見せて貰ってもいい？　ほんとに興味だけだから、期限とかないから」

「え？　あ、はい」

　想像していた無理難題よりずっと軽いもので、思わず返事をしてしまった依織だった。


　王宮の離れでの生活は快適そのものだ。

　勿論《もちろん》、誰とも会わないということはできない。それでも、今までの生活は常に誰かしら傍に居る状態だったのだ。そこから考えれば、とても快適である。

離れに訪れるのは日に三回の食事を運んでくれる侍女と、イザークくらいだ。

ちなみに、侍女は依織の世話を焼けないことに大層不満を持っているようだった。それもそのはずで、断れない依織は今まで侍女に言われるがまま、全ての世話をされていたからだ。

それこそ着替えから風呂に至るまで。流石にトイレの世話をされそうになったときは泣いて、テコでも動かなかったため諦めて貰えたが。ただ、そのときに精神力を使い果たしてしまったため、それ以外はもう抗《あらが》う気力すらわかなかったのだ。

王宮の一室で過ごしていたときの依織は、侍女の着せ替え人形だった、とも言える。

依織は知らないことだが、王族というのは基本的にワガママなモノだ。しかも王族の女性ともなれば、服から宝飾品に至るまで気分にあったコーディネートができないと外出しない、という筋金入りの者すらいる。要するに、自分勝手なのだ。それをなんとか宥《なだ》めすかして最低限の公務や社交の場には連れ出す、というのが侍女の務めでもある。

そんな王族の相手にちょっと疲れていた侍女が、自分の意見をうまく言えない依織でストレス発散をしていた、というわけである。といっても、別に非道な仕打ちを受けたわけではない。

ただただ、侍女が依織に似合うと思うコーディネートをし、肌を磨き、見た目だけでも一人前のレディにしただけのこと。その甲斐《かい》あって、王との謁見の時の依織は、王族のお眼鏡にかなう逸材になっていたのだ。栄養不足でガリガリだった日本人時代と違い、依織は今、見た目だけなら貴族に張り合える程度にはなっているのはそのお陰だ。勿論、この国の人々の多くが褐色の肌なのに対し、白っぽい黄色人種の肌が珍しいという面もある。

が、別に見目がどうこうというのは依織の望んでいたことではないわけで。

王宮の離れでは、食事以外のことは全て依織が自分自身でやっている。

もともと日本では一人暮らしだったし、こちらの世界にきてからはずっと自給自足だ。

（朝起きて、自分で着替えて身支度をする……素晴らしい!!）

当たり前のことが当たり前に出来る自由を噛《か》みしめている依織の元へ、侍女が朝食をもってきてくれるところから依織の一日はスタートする。ちなみに侍女は何か言い含められているのか、依織の手入れをしたそうな目はするものの、何も言い出してこない。

もともと小食な依織の朝ご飯は簡素なものだ。侍女はもっと食べさせたそうにしていたが、朝から油モノは胃が受け付けてはくれない。

侍女が依織の食べられるものを観察した結果、朝は豆のスープや果物といったあっさりした食事が選ばれるようになった。それを食べ終えたら外にいる護衛の人に緊張しながら挨拶をして、食器類を預ける。そこからは何もなければフリータイムだ。

依織はその時間を、ほぼ織物《おりもの》に充てている。ごくまれに、紙を研究するときもあった。

そうやって作業に没頭しているうちに昼食が運ばれる。胃に入る分だけを入れて、朝と同様に食器を預ける。

こちらの世界にきて、依織も少しは健康に気を遣うようになった。午後からは肩こり緩和のためにも少し運動をする。体に染みついているラジオ体操をして、ちょっとストレッチをこなす程度。それでも基本的に気温が高いこの国では、丁寧にやるとちょっと汗ばむくらいにはなる。

その後また織物に戻り、夕食運ばれついでに風呂の世話だけは無理矢理されてぐったりし、時間と体力に余裕があればまた織物に戻り、屋敷《やしき》内の片付けをして就寝。

これが今の依織の一日の基本的なサイクルだ。

しかし、このサイクルに一つだけ、毎日不確定要素が入ってくる。

それはイザークの存在だ。

「こんにちは。今日は昼食当番の侍女さんに代わって貰ったんだ。一緒に食べよう」

バスケットに大量に詰められたサンドイッチのような食品を見せながらイザークは笑う。

先日は昼食後にオアシス浄化のお誘いだった。それはまだいい。断り切れなかった依織のお仕事だ。

しかし、この日のイザークはただ依織とご飯を食べるだけ。

このキラキラしい顔面と向かい合ってのご飯である。あまりにも無理みが強い。しかしながら、それを断れるならばコミュ障こじらせをとっくに卒業しているわけで。

依織はイザークと向かい合いながら食事をした。味はわからない。ただ、粗相をしないように極度に緊張しながら食べたことだけは覚えている。

またあるときは、三時のおやつの時間にお茶と軽食を持ってきた。この世界に間食の習慣があるのかはわからないけれど、雰囲気としてはそんな感じだ。この日彼が持ってきた軽食はかなりおやつっぽく、甘かったことだけは覚えている。それと、お茶の香りが良かったことも。

イザークは帰り際にいつも手紙を置いていく。

それは日々の気になったことだとか、依織が住んでいたオアシスの現状報告だとか、ともかく雑多に様々なことが書かれている。その中には、どういった食事が好みか、などの質問も含まれていた。

面と向かって聞かれているわけではないので、依織としても幾分返事がしやすい。

眠る前の時間に、手紙を読んで返事を書く。

イザークの字は、女タラシ人タラシという雰囲気をあまり感じさせない、綺麗《きれい》な文字だった。

また、あるときは布を織っているところを見せて欲しい、と言われたこともある。

どう断れば良いかもわからず、結局流されるまま依織はイザークの前で作業の続きをした。最初は緊張から糸のかけ間違いなんかを何度もしてしまった。

誤魔化すように何度も長くなった髪を耳にかける。失敗したのは、髪が邪魔だったせいだ、と言い訳をするように。そもそも、イザークは布の織り方について、何が失敗で何が成功なのかもわからないはずだが。

そうやって最初は緊張していたものの、人間は次第に慣れてくるものだ。作業を続けるうちに没頭して、イザークがいたことも忘れてしまうほど。

その日のイザークは予定がなかったのか、数時間ずっと依織が布を織る様を見つめていた。

オアシスの塩抜きのために依織を外へ連れ出す役割をしているのも、当然ながらイザークだ。そういう日はナーシルと合流し、イザークとともにラクダにのって、現地へ向かう。

ラクダの上で、ポツリポツリと話をする。

話の内容は手紙の延長戦の様なもの。

例えば、

「前に手紙に書いた、イオリさんの魔力使っている感覚の話なんだけど」

なんて感じで会話が始まる。

手紙に書かれていることは一応頭に入っている。そのため、比較的スムーズに受け答えができた。ちなみに魔力に関することを話し出すと、十中八九ナーシルが会話に参加してくる。そうなると議論の中心はナーシルになるわけだが、その話を聞いているのは結構楽しかったりする。

ナーシルの話は専門的な要素も大きいが、頑張ってかみ砕いて説明しようとしてくれているのは伝わってくるのだ。

本来の仕事を終えてからではあるが、実際にこの世界の魔法というものを試してみたこともある。ナーシルの見よう見まねで魔力を操った結果、依織にも魔法が使えることはわかった。

ちょっとお茶を飲みたいときに、火魔法でお湯を沸かすのは便利そうだ、と後日手紙でイザークに伝えたところ変に感心されたというエピソードなんかもある。

こんな風に、いつのまにかイザークは依織の生活サイクルに食い込んでいた。

依織の日常にイザークがいることに違和感がなくなってきたある日の事。

今日も今日とてイザークは依織がいる小さな屋敷に通ってきている。

この日の手土産は、小さなパイだった。何層にも重ねられたパイ生地の間にナッツ類が挟まれ、生地には甘いシロップが染みこんでいる。かなり甘みが強く、一口で大分満足出来るような品だ。しかし、一緒に持ってきてくれた花のような香りのするお茶と一緒だと、もう少しいける気がしてしまう恐ろしいシロモノである。主に、体重増加的な意味で。

織物を一段落つけ、持ってきてくれたお茶に手を付ける。お盆の上には小さな砂時計があった。おそらくこの茶菓子一式を用意してくれた侍女が添えてくれたのだろう。砂が落ちきったタイミングで、織物に一区切りつけられて良かった。これ以上蒸らすと渋くなってしまう。

お茶で一度喉を湿らせてから、依織は意を決して言葉を発した。

「あの……布、出来ました」

依織から話しかけるのはとても珍しい。普段は頼まれなくてもイザークが様々なことを話してくれていた。そうではない場合は、依織が布を織る音だけが響く静かな空間だ。それは、依織にとって割と嫌いではない時間に変化しつつあった。

その悪くはない時間を、自らの手で壊すような行為。ただ自分から話しかけただけではあるけれど、緊張で顔面が強《こわ》ばった。その手には、新作の布がある。あまり握りしめると手汗がついてしまいそうだから、ふんわりと掌《てのひら》の上にのせている。

通気性を重視したそれは、実は織るのに結構苦労した。以前、依織の布を見せて欲しいと言われたので、どんなものを織るべきかずっと考えていたのだ。それがようやく完成した。

「え？　すごい。早くない？　織機で布織るのって結構重労働って聞いたんだけど、無理してない？」

「……頑張り、ました」

自己申告通り、結構今回の布は気合いを入れて織った。

一見すると普通の白色の布だ。だがよく見ると薄いグレーの糸で細かな模様がついている。通気性の良さと、透けないことを両立するために模様を入れてみたのだ。

「えっすごい。すごくない⁉　軽いし、通気性良さそうだし、何よりこの模様どうやって作ったの？　めちゃくちゃオシャレだね」

イザークの声音が弾み、いつもの口調よりも少し幼くなっているのがわかる。掌に当てて透かそうとしてみたりする仕草もどことなく子供っぽい。

そういえば、彫りの深い顔立ちをしているので、それなりの年齢だと思っていたがいくつなのだろう？

（前世も合わせればそろそろアラフィフな私よりは確実に年下だろうけど。あれ？　それ考えたら

王様と私って年齢的には釣り合うんだ⁉）

衝撃的な事実に一瞬依織は呆然《ぼうぜん》としてしまう。

日々、どうやって人とのコミュニケーションを成り立たせるかに頭がいっぱいで、自分がアラフィフである事実には頭がいっていなかった。

つまり、依織は50年近くもコミュ障のまま進歩していないのである。

正直、結構凹《へこ》んだ。

「ねぇ、イオリさん！　この布、売って貰って良い⁉」

そんな依織の心情を知る由もないイザークは、ウキウキと布の買い取り交渉をしてくる。余程その布を気に入ってくれたらしい。こんなにも喜んだ顔を見せて貰えるのは、制作者冥利に尽きるというものだ。コミュ障歴50年のショックも和らぐ。

「どうぞ」

「やった！　んー、でも値付け難しいなぁ。おいくらくらいがいい？　あ、でもイオリさんずっとオアシスにいたし物価とかもあんまりわかんないよね。鑑定とかかけて貰った方が適正価格になるかなぁ」

「いえ、あの……」

この布の材料は支給して貰ったモノばかりだ。糸しかり、織機しかり。

依織のオアシスの小屋を見たイザークが、恐らく気を利かせて揃えてくれたのだろう。依織がしたことと言えば布を織ったことだけだ。

それであんなにも喜んでくれたのだから、お代はもういただいたようなものだ。

あんなに手放しに感心してもらえたのはいつぶりだろうか。モノを作り始めた最初の頃の気持ちを思い出す。

だから自然と言葉が出た。

「喜んで貰えたから、それでお代は十分です」

余り深く考え込まなかったからこそ、自然に出た言葉。嘘偽《うそ》りない本心だ。だからこそ、噛まずつっかえずすんなり言えた。

その言葉を聞いてイザークは、

「は？　何言ってるのイオリさん！」

怒った。

いや、正確に言えば怒ったのではないのかもしれない。けれど、先程までの無邪気な少年のような表情は消え、目が吊《つ》り上《あ》がっている。キラキラしい顔面は、目を吊り上げると凄みを増すらしい。少なくとも依織には怒ったように見えて、思わず謝罪の言葉をたどたどしく口にした。

「え、あ……ご、ごめんなさい」

ヒヤリ、と胃《い》の腑《ふ》が縮こまるような感覚。

相手が怒ったときに怯《おび》えて謝ってしまうのは、もう条件反射のようなものだ。そのことが更に相手を苛立《いらだ》たせるのが頭ではわかっていてもやめられない。それ以外の方法を知らないのだ。ただ謝って、嵐が過ぎるのを待つだけ。

何故《なぜ》？　という言葉が依織の頭の中をグルグルと巡る。今のやりとりで何がまずかったかサッパリわからない。

さっきまで温かだった依織の気持ちが一瞬にして萎《しぼ》む。

その様子が伝わったようで、一度自分の気持ちを落ち着けるように、イザークが深く息を吐いた。

「まず、怒鳴ってごめんなさい。怖かったでしょう？」

依織はフルフルと首を振る。だが、自分の顔から血の気が引いてしまっているのがわかる。明らかに嘘にしか見えないだろう。けれどここで頷《うなず》くほど依織は愚かではない。イザークは、王族だ。きっと、きちんと線引き出来なかった自分に非がある。

（親しくなれた、とか。思い上がっちゃダメだったんだ）

「ええと、それから。まずね、俺は王族に名を連ねる人間なんだけど……」

「はい」

だから、機嫌を損ねるようなことはしてはいけないのだ。

依織のような人間が気安く話すのが間違いだった。

そう結論づける依織に、意外な言葉が降ってきた。

「そういう人間にね、タダでモノをあげちゃダメだよ。ていうか、むしり取らないと」

「……へ？」

思わずポカンと口を開けてしまう。

フェイスベールもつけていないため、依織の間抜けな顔はイザークに丸見えだ。

「王族はね、ただエラいんだってふんぞり返ってるだけじゃダメ。きちんと国が適切に動く様にしなきゃダメなんだ。だから国が動いて欲しい方向に率先して動かなきゃならない。戦があれば兵を率いるし、国が豊かになって欲しいときは率先してお金を使う。そういう役目なんだ。少なくとも俺はそう教わって、そう行動してるつもり」

イザークの言葉に依織は面食らった。

依織が抱いていた王族像と何もかもがかけ離れすぎているから。

（なんかもっと、身勝手だと思ってた。やだ、私、肩書きだけでイザークを判断してたんだ。恥ずかしい）

青くなったり赤くなったりする依織に苦笑しながら、イザークは言葉を続ける。

「だからね、イオリさんがちゃんと労働して作った布には、ちゃんとした価格をつけて買い取らせて欲しい。それと、自分を安売りしちゃダメだよ？　この国は……うん、まあ気の良い奴《やつ》もいるけど、あくどいヤツはほんとすごいから。そういうのに食い物にされちゃうよ？」

イザークが怒ったように見えたのは、依織を心配したから、というのもあるらしい。勿論、王族としての自分の信念に泥を塗られた、というのもあるだろうが。

「イオリさんの布も、こんな布織れちゃうイオリさん自身も、本当に凄いんだからもっと自信持って。ちゃんとしかるべきところに持ってって鑑定して貰って、それからお代払わせてね」

一度冷え切ったと思った心臓が、またドクドクと動き出したような、そんな感覚に陥った。

イザークに初めて怒られた日。そして、自分の作品を宝物のように扱って貰えた日。

ドクドクとうるさい心臓をよそに、依織はなんとか頷いてその場を終わらせたのは覚えている。話の内容などは記憶の彼方《かなた》にサヨウナラしてしまったけれど。

（だって、あんなのキャパオーバーするに決まってる。顔面が眩しい上に、王族ということを鼻にかけずむしろ気さくでそれなのにちゃんと誇り持ってて。私の作品の工夫とか色々、ちゃんと見つけて褒めてくれて……）

依織は褒められ慣れていない。

どうして受け答えすらまともにできないんだ、という台詞《せりふ》を筆頭に人を不愉快にした記憶ならたくさんある。

それでも、作品を褒められたことは何度かあった。だからこそ、生きる術としてハンドメイド作家を選んだところが大きい。だが、生き抜くことはできなかった。世界はコミュ障に厳しい。だから、人間関係を構築することを諦めて一人で生きていけるようにと神様に願ったのに。

結果として、今依織はほんの少しだけ会話ができるようになっている。

本人の気質は前世と変わることはない。用意しておいた言葉でなければスムーズに喋《しゃべ》ることは難しいし、NOと言えない日本人の代表例みたいな部分も健在だ。人と居れば疲れるし、どうすれば人を不愉快にさせず会話できるのかなんていうこともわかっていない。

にもかかわらず、昔よりも息がしやすかった。

（環境が変わったから？　あ、でも神様から色々貰ったからそれのお陰、かぁ。危ない危ない、勘違いするところだった）

今ここで依織が必要とされているのは、神様から与えて貰った錬金術があるからだ。もしもそれがなかったらここまで手厚く保護されることはなかったはずだ。

その一方で、それだけではないことも依織は気付いている。

ただ、それから目を背けているだけだ。

イザークは、依織の技術を褒めてくれた。勿論、布自体も。

ちゃんとした値段をつけて買い取りたいと言ってくれた。あのあとも、依織の技術にはそれだけの価値があるのだと再三言っていた気がする。

褒められ慣れていない依織は言葉の大半を受け止めきれなかったが。

（自信って。そんなのどうやって持てば……）

布を織ることは好きだ。

それ以外の、小物を作ることだって。

たくさん布を織ったら次は違うモノを作ってみたいとは思っていた。それこそ、試作品の紙を完成まで持って行ったり、布から装飾品を作ったり、色々。

そういう、モノ作りが出来る自分は、あまり嫌いではない。

それが無ければ生きてこられなかった。もっと早くにのたれ死んでた可能性の方が高い。だからといってそれが自信に繋《つな》がるかと言えばＮＯだ。必要に迫られたからやっているだけのことが、どうすれば自信に繋がるのかわからない。

「おーい、イオリさーん？」

「ひゃああい⁉」

グルグルと考え込んでいた間に、イザークが来ていたらしい。ノックの音や呼びかけに全く気付けず、彼は屋敷の中に入ってきていた。

「す、すみません、すみません！」

「返事ないからビックリしちゃったよ。中で倒れてるのか、とかねー。でも元気なら問題ないよ。何か考え事？」

今日は昼食を持ってきてくれたようだ。

いつもの場所に、二人分の食事がコトンと音を立てて置かれる。今日は前世でいうとカレーのようなスパイスを効かせた料理のようだ。食欲をくすぐる香りが屋敷の中に充満していることに今頃になって気付いた。

いつのまにか、いつもの場所と言っても違和感がなくなってしまった、日当たりの良い二人がけのテーブル。

(ここにきて、どのくらい経《た》ったんだっけ？　オアシスにいた時間よりずっと短いのに、いつのまにかこれが普通になってる)

「イオリさーん？　具合悪い？　出直すかい？」

「あ、いえ。大丈夫です！」

目の前で手をヒラヒラと振られ、慌てて返事をする。

「何か心配事？　相談にならのれるよ？　解決するかはわかんないけどね」

「いえ、大丈夫です」

先程から同じ台詞しか言っていない。

けれど、これは相談したところでどうにかなるものでもないのは分かっている。ただのとりとめの無い考え事なのだから。

「イオリさんは口数少ないからちょっと心配だなぁ。具合悪くても自己申告しなさそう」

「そんなことは……」

ない、とは言い切れない。わざわざ他人に迷惑をかけるくらいなら具合が悪いのを我慢する気がしてきた。バツが悪くて顔を背けながら、椅子に腰掛ける。

「うんうん、最近行動パターンがわかってきた。今図星さされたーって思ったでしょ」

「……」

この場合の無言は肯定と同義だ。

いたたまれない依織とは対照的に、イザークはまるで隠されていた宝物を発見した子供のように上機嫌だ。

二人で食前の祈りを捧《ささ》げ、食事を始める。日本で食事の前にいただきます、と言うように、この国では食事の前に祈るらしい。と言っても大仰なモノではなく、手を組んで今日も食事が出来ることを神に感謝するポーズをとるだけだ。教会の食事ではそれに聖職者の言葉が加わったりもするらしい。

依織は神様がいる、と知ってはいる。けれど、無理矢理転生させられたため、素直にあの神様に祈る気にはなれなかった。だからポーズだけは彼らの習慣に合わせて、誰にともなく食事が出来ることを感謝している。

「そうそう、昨日預かった布なんだけどね」

食事の合間に上機嫌なイザークの声が響く。

王族らしくマナーはきちんとしている。最初の頃は彼と比較して作法がなってないのではないかと不安になっていた依織だが、最近は少し吹っ切れた。異国どころか異世界人なのだし、あまりにも酷《ひど》かったらきっと指摘してくれるだろうと思い直したのだ。

「布の目利きができる人に渡したら腰抜かしてたよ。この通気性で、透けないとはどういう技術なんですか⁉　ってね」

その言葉を聞いて、依織は少しうつむいてしまう。あまりの嬉しさに、だらしない顔をしてしまいそうだったから。

イザークの言う目利きができる人、というからには信頼できる腕があるプロなのだろうと推測できる。そんな人に認めて貰えたのは素直に嬉しい。

「んー。これは照れてるときの反応？　ま、そんなわけでこれくらいの値がついたから、宣言通り買わせて貰いました。こっちがお代ね」

イザークの懐から握りこぶしサイズの革袋が出てくる。テーブルの上に置いたときに、重そうな音が響いた。依織はこの国の通貨のことはさっぱりわからないけれど、あの量は多いのではないだろうか。

「あ、知り合い割り増しとかそういうの一切加えていないお値段だからね。ていうか、その値段の3割増しで売ってくれってソイツに言われちゃってさぁ。ちょっと困っちゃったよ。加工したあとの端切れで手を打ったけど」

「あ、ありがとう、ございます……？」

なんの手心も加えていないのに、その革袋の中身になる。自分の技術が認められた証《あかし》だが、依織にはイマイチ現実感がなかった。

「もっとないのか、隠してないかって胸ぐら摑《つか》まれちゃったよ。俺王族なんだけどねぇ、全く困ったヤツだ。ちゃんと作成者であるイオリさんのことはヒミツにしておいたから安心して。でも、イオリさん、このまま布作り職人としても立派にやっていけるんじゃないかなぁ。国内のオアシス侵食問題一段落ついたら店でも開いちゃう？」

「店……私が？」

それは思ってもみなかった言葉だった。

前世で失敗した、ハンドメイド作家としての道。就職できなくて仕方なしに選んだ職ではあったけれど、喜びも大きかった職業だ。

それを、異世界でもう一度チャレンジできるかもしれない。

大きな期待と不安が、振り子のようにユラユラと依織の胸中で揺れていた。

「あ？　まんざらでもない感じかな？　もしやるなら協力するから教えてね」

店を開くという話を聞いて、思わず依織は考え込んでしまっていた。

もしかしたら、ただのお世辞かもしれないのに。

(うわ、自意識過剰。恥ずかしい)

とりあえずフルフルと首を振って、目の前の食事を口に入れた。スパイスがきいたソレはちょっと刺激的で、勢いよく食べたせいか飲み込むときにむせそうになってしまった。

「うーん。まぁいいか。追々で」

挙動不審な依織を多少気にかけつつも、イザークは深くはつっこまないでくれる。本当に有り難い。だからこそ、いつのまにか甘えてしまい、いつのまにか親しいような雰囲気になってしまうのだけど。

（その辺りも含めてちゃんと気をつけなきゃ。イザークもナーシルも皆凄くいい人でよくしてくれるけど、皆他人！　頼ったら嫌われるんだから、自立できるところはちゃんとしないと！）

現状の依織は自立とは程遠い。

王宮の離れに住み着き、用意して貰った織機と糸で布を織って暮らす日々。たまに仕事に連れ出されるが、移動も全てお任せだ。

どこからどう見ても立派なパラサイトにしか見えない。少なくとも、依織本人はそう思ってしまう。

（オアシスに居た頃の方がきちんとしてた。あ、きちんと、と言えば……）

最近ずっと続いているイザークとの手紙の交換。段々と長くなって、今は紙を二枚は消費するくらいになっている。

この手紙のやりとりも、イザークと親しいと勘違いする要因になっている気がした。この手紙を見ればイザークの趣味だとか、好きな食べ物まで書いてあるのだから。会話はやはり成立させるのが難しいけれど、イザークのことは結構知っている。なんなら彼の父である王弟や従兄弟《いとこ》である殿下のやらかしエピソードまで知ってしまった。ちょっと冷や汗ものだ。

話が逸《そ》れた。

ともかく、ずっと続けていた手紙のやりとりだが、今日はそれを渡すとともにきちんと謝罪しようと決めていたのだ。

（王族がどんなものかも知りもしないで、物語で読んだテンプレみたいなの当てはめてた、とかほんと失礼千万だよね。市中引き回しの上打ち首獄門でもおかしくないよ。この国にそういう刑罰あるか知らないけど。手紙のやりとりもしてた癖にこれだもん）

美味《おい》しい食事もなんとか食べきって、いつもなら布を織り出す時間。

緊張でダラダラと背中に冷や汗を流しながら、依織はイザークへいつもの手紙を差し出した。

「あの、昨日は、ごめんなさい」

「えっ何々？　あ、とりあえず手紙ありがとうね。俺も持ってきたよ。はい」

「あ、はい」

手紙の交換。

ちなみにイザークの方は王宮で使っている紙だが、依織は自作だ。紙作りの実験も細々と続いている。まだゴワゴワとした手触りだが、少なくとも折り曲げに耐えられるようになった。まだまだ不満はあるが一応及第点はつけられる一品だ。

受け取った手紙は夜読むので、とりあえずその辺りの棚に置いておく。

「で、えーと。謝罪して貰ったわけだけど。ごめん、さっぱり何に対するやつかわかんなくて。昨日俺何かされたっけ？　むしろ何かした方じゃないかって思ってるんだけど。ほら、怒鳴っちゃったじゃない？」

「怒鳴られるような、ことを、言いました。手紙、手紙に……書いた、ので」

詳しくは手紙に書いたから、それを読んで欲しい。

そのセンテンスを言うまでにこんなにも苦労する人間は他にいないだろう。いや、いるかもしれないけれど。いるなら今自分に力を貸して欲しい、コミュ障の同志よ、と真剣に思ってしまう。どうして思ったことをスラッと言葉にして出せないのか。どこかの回路に不具合があるんじゃないかと真剣に疑いたくなる。似たような事を前世の親も思ったらしく、様々な医療機関を受診した。結果、問題が無かったため、親からは「打つ手なし」と判断されたけれど。

「あ、なるほど。だから今渡してくれたんだね。了解。えーと、どうしようかな。気になるから今読んでもいい？」

「え、あ……はい」

目の前で直筆の手紙を読まれるとかどんな羞恥プレイだ、という抗議の言葉が依織の口から出てくるわけもなく。あうあう、と口を開閉させて地獄のような時間を待つ。

あとから思えば自分は布を織る作業でもすればよかったのだ。大分手順を間違えるだろうが、それでもずっと見つめ続けるよりは幾分マシだっただろう。ただ、残念なことにそのときは全く思いつけなかったので、じっくりと手紙を読まれるのを見つめるだけだった。

とても気まずい。

「うんうん、なるほど。そんなに気にしてくれたのかー」

３年くらい経ったんじゃないかと思えるような待ち時間は、イザークの暢気《のんき》な声で終わりを迎えた。刑期満了お疲れ様でした。

「えーと、とりあえず謝罪は受け取っておきます。で、受け取った上で言うんだけど、そんなに気にしなくっていいよ。よくある話ではあるんだ」

よくある話、と言ったところでイザークのキラキラしい顔が一瞬曇る。

どこからか仕入れてきたテンプレ王族像を押しつけられるのは、依織が思っている以上によくあることが窺《うかが》えた。

だからこそ、文通までしている自分がそんな扱いをしたのは、なんかもうダメを通り越した何かじゃないだろうか。コミュ障だからって人の心を思いやれないのはダメだ。というか、コミュ障は免罪符でもなんでもない。少なくとも依織自身はそう思っている。

ただ、悲しいかなそんな思いを言葉に出来ない。

歯がゆくて、ただフルフルと首を振った。

「あぁ、そんな顔しないで。確かにね、よくあるからって辛《つら》くないわけでも寂しくないわけでもないよ」

今、自分はどんな顔をしているのだろうか。

イザークに指摘されたけれど、その辺りはよくわからなかった。眉間とかに力の入った、酷い顔をしていそうな気がする。

どう返事して良いかわからなくて、また首を振った。

駄々っ子かよ、と自分でも思う。

「でもね。ごく稀《まれ》に、今みたいに謝ってくれる人が居るんだ。そういう人とは得がたい友達になれた」

いや、あれは謝ったっていうのかな……などという小さな呟《つぶや》きも続いたけれど、イザークの表情は穏やかだ。その友人のことを思い出しているのかもしれない。

「で、わざわざ手紙までしたためてくれたイオリさんとも親しくなりたいなー、と思うワケなんだけどどうですか？　いやほんと、王族と普通に親しく話せる人貴重だから」

「親しく、話せる」

果たして依織は話せるカウントに入るのだろうか、という疑問が湧く。

が、それはそれとして。

「親しくして、いい、のですか？」

「勿論。というわけで、名前呼び捨てにしてもいいかな？　俺の方も呼び捨てで構わないし」

「ソレハムリデス」

思わず秒で断ってしまった。物凄《ものすご》いカタコトだったけれど。

だが、親しい友人枠に入れば、ちょっとやそっとで無礼打ちはされないのではないだろうか、という打算が働く。

「そっかー残念」

「でも、あの、呼び捨てされるのは、気にしないです。……よろしくおねがいします」

「お？　親しくしてくれる感じ？　良かったー。実は今日、布のお礼持ってきたんだよね。親しくなった記念に受け取ってくれる？」

「はぇ？」

　突然、話が急展開を迎える。

　親しくなるのは構わない。無礼打ちされなくなりそうなのは嬉しい。依織は今までの対人関係で何故か離れていかれることが多かったから。

　恐らく普段から上手く話せないくせに、先程のようにキッパリ断るなど失礼な態度をとっていたからだと依織自身は推測している。けれど、親しくなった、と宣言してくれるのだから多少の無礼は流してくれるのではないか、なんていう打算だ。

　だが、それと贈り物は話が違うだろう。

　布は買い取って貰ったものだ。それなのに更にお礼とはどういうことなのだろうか。

　等という長文が依織に言えるわけもなく。

「これね、髪留《と》めたり、スカーフ留めるときにも使えるみたいなんだ」

　渡されたのはキラキラと輝くヘアピンのようなモノ。キラキラは、多分、恐らく宝石なのではないだろうか。キラキラの色合いは赤系統でまとめられている。

「え、あの、でも……」

「親しくなった記念に受け取ってくれると嬉しいな。で、出来れば使っちゃって。モノは使われるためにあるんだからさ」

ニッコリとイザークは微笑む。その笑顔は貰ったヘアピンに負けないくらいキラキラしかった。


あくる日。

「変じゃないわよね……？」

室内に依織の声が響く。依織の目の前には鏡。といっても、この国の鏡はあまり映りが良くなくてイマイチわからない。前世のものと比較してはいけないとはわかっているが、こういった場面ではついやってしまう。砂漠という物資が流通しづらい土地柄で、逆に良くこれだけのモノがあるな、とは常々感心しているのだけど。

そうは思っても、目の前の映りの良くない鏡では自分の姿が思っているよりも確かめられないのは事実だ。

依織は今、貰ったヘアピンで髪を留めている。

この世界に転生してから髪は一度も切った覚えがない。というのも、扱いやすい刃物が手元になかったのだ。流石に小刀で髪を上手く切れる自信はない。そのため、依織は栗色《くりいろ》の髪を前も後ろも伸ばしっぱなしだ。

この長い髪が、たまに布に巻き込まれる。結構痛い。そのため、イザークからの贈り物であるヘアピンはとても重宝した。

ただし、使い方があっているかがわからない。

「……今日もくるはず、だし」

昨日はさぁどうぞとヘアピンを手渡され、そのまま返すことも出来なかった。

むしろ、返す方が失礼だろうとは思う。ただ、夜中に「一度ぐらい遠慮すればよかった！　日本人的に!!」と自分の気のきかなさにもんどり打ったけれども。

ともかくも、受け取ってしまったのだから有効的に活用するべきだ。

実際、これのお陰で今日は髪を巻き込む事故は格段に減った。似合っているかはわからない。それに、このキラキラしいヘアピンのようなものは、普段使いしていいものかも依織には判断がつかない。それでも、貰えて嬉しかった、という気持ちは伝えたいものだ。

「こんにちはー。イオリ、開けてもいいかい？」

「あ、はい」

イザークの来訪をドキドキしながら待っていると、外から声がかかった。なるべくいつも通りを心がける。が、すぐさまいつも通りが分からなくなった。そもそも普段から緊張しているのだから仕方が無いことかもしれない。

結局ギクシャクとした動きでドアを開け、中へイザークを促す。

「今日は外でお昼を一緒しようかと思って。んで、そのあといつものをお願いしようと思ってたんだよね」

「あ、はい。わかりました」

外に行くとなると、一度このヘアピンは外さなければならない。確かスカーフを留めるのにも使っていいとのことだったのでそうしよう。

一度室内に戻って、外出用の身支度を調える。

何度もおかしくないか確認したのに、あまり見て貰えず外すことになって少々残念な気持ちになった。

「折角それつけてくれたのに外させちゃってゴメンね。でも、スカーフの上からでも大丈夫だから。あ、良かったら俺がつけようか?」

「へぁ?」

モタモタと準備をしていると、まるで依織の気持ちを見透かしたようにイザークが言葉をかけてくる。そんなにわかりやすい態度をとってしまっただろうかと頬が熱くなった。

そして返事をまともに出来ないまま、あれよあれよと面倒を見られてしまう。

「うん、よかった。さっきのも良かったけど、スカーフの上からでも似合ってるよ」

「あ、ありがとうございます」

「気に入って貰えた？」

「えっと、はい。すごく、キレイです」

完全なる語彙力の敗北。

それでも、依織の言葉を聞いてイザークは嬉しそうに笑ってくれた。

「じゃ、いこうか。昼食とったらナーシルと合流して、今度は東の端っこのほうのオアシスの浄化をお願いしたいんだ」

そんな言葉と共に自然な形でエスコートされる。

「っ⁉」

今までは先導するように歩くイザークの後ろを、見失わないようについていくだけだった。だが、今日は何故か手をとられ、共に歩いている。

繋いだ手が温かくて、妙に現実感がない。

（は？　手汗、やば。むり。助けて）

心の中の声でさえ、語彙力が敗北を喫する。

この日、ナーシルに会うまでの記憶が大変朧気《おぼろげ》だ。食事もしたはずなのに、一切合切を覚えていない。

王宮内ですれ違った侍女たちには「オニアイデスネ」「ステキナオイロデヤケマスネ」などという呪文を唱えられたような気がするが、上手く言語としてとらえることができなかった。

ナーシルはナーシルで、

「あー……もう独占欲爆発しちゃったんですね、イザークさん」

などと、のたまっていた。

意味がわからない。

だが、意味がわからなくとも仕事は仕事である。

指定された場所で魔法陣を作って塩を分離させる。手慣れた作業なのでほぼ失敗しない。万一失敗していてもナーシルが鑑定してくれる上に、シロもきちんと連れてきているので安心だ。

「うーん、仕組みは結構わかってきたんですけど……その模様がやはりわからないですね」

「ご、ごめんなさい」

「あぁ、謝っていただきたいのではなくて。えぇと、その模様の意味とかわかります？」

「うえ、えと、その」

神様から貰った知識なので原理はわかりません、と正直に伝えるわけにもいかずしどろもどろになってしまう。

また、ナーシルが持ち出す専門用語がわからないのもあり、混乱は最高潮だ。

「まぁまぁ。というか、素朴な疑問なんだけど、その模様って紙に書いちゃだめなの？」

「あっ、そっか。その手がありましたね。イオリさん、紙に書いたら無効だったりします？」

「えっ、と……」

想定していなかった質問に頭が白くなる。聞かれたことを整理して、自分の中で答えを見つけるのに少し時間がかかった。

「やったことがない、ので、わからないです」

「なるほど！　では、帰ったら早速やってみてもいいですか？　もし紙に書いたものでも効果があるのでしたら、これからわざわざイオリさんが出向かなくても大丈夫になります！　そうでなくても、紙を見て図面を覚えれば他の者も出来るようになるかもしれません！　色々研究しがいがありますよ、これは」

大興奮して鼻息が荒くなるナーシル。

その様子に若干引いてしまう。ナーシルの好きなモノに一直線の姿勢は個人的には好ましいと思うし、話を聞いているのも結構好きだ。が、その対象が自分となるとちょっと無理だ。

ただでさえコミュ障なのに、相手の洪水のような言葉がダバダバと注がれてしまっては、あっという間にキャパオーバーすることは間違いない。いっそのことナーシルとも文通をした方がいいかとも考えたが、恐らく手紙というよりも文献に近い分厚さのモノが届きそうだ。それはそれで怖い。とても怖い。下手したら一晩かけても読み終えられない可能性すらある。

「ナーシル、突っ走るなって言われてるだろー？　とりあえず今日イオリは俺とデートだから、帰ってからすぐはダメだ。それと、魔法の基礎知識がない人に文献送りつけんなよ」

「やだなぁ文献なんて送らないですよー」

そう言うナーシルの目は軽く泳いでいる。

どうやら言われなければやるつもりだったようだ。釘《くぎ》を刺して貰えて本当に良かった。

が、その前の言葉が大変気にかかる。何か今また理解不能な単語を口にしなかっただろうか。

怪訝《けげん》な顔でイザークを見ると、やっぱりキラキラしい顔でコチラを見ている。

(最近分かってきた。この無駄に華やかさを増した笑顔って、多分有無を言わせたくないときに使ってるんだ。顔面ヨシオさんはそんな技も使えるんですね)

なんとなくイザークという男が分かってきた。

たぶん良い王族なのだろうけれども、やはり人に命じたりお願いしたりするのには慣れている。依織に兄弟はいないけれども、おねだり上手な弟とはきっとこういうモノなのだろう、と感じた。

不敬ながらも、弟気質なんだろう、そう思うことにした。


「あの……」

この状況に対して、依織はどうやって言葉にしていいかわからなかった。

時刻は夕方近く。帰宅するには少し早いが、お茶をするには少し遅いという半端な時間。ただ、痛いほど照りつける砂漠の日光はほんの少しだけ和らいでいるので、外にいるのは昼間ほど苦ではない。街が段々とオレンジがかってくる。

ナーシルと別れ、街中をラクダに乗せられて散策する。当然、未《ま》だ一人でラクダに乗れない依織はイザークの前に座っている。二人乗りのラクダは悠々と人波をかき分けて歩いていた。

有無を言わせぬ笑みで「これからデートだ」と言われた。

しかしながら、依織にはそんな約束をした記憶は全くない。だが、頭が真っ白になっている間に宣言されていた可能性はある。緊張しているとよく起こしてしまう現象だ。そのため、二人きりになってもどう訊《き》いて良いか分からずここまで来てしまった。

（本当に約束してたなら「そんな約束してましたっけ？」って言うのは失礼よね。でも、約束を忘れてること自体が失礼？　どうしよう、なんて言えばいいんだろう）

グルグルと悩んで出てきた言葉は、依織がすんなりと言える言葉ランキングトップ3に入るものだった。

「ごめんなさい」

悲しいかな、前世から謝罪だけはしなれてしまっている。

上手く話せなくてごめんなさい。気が利かなくてごめんなさい。その他諸々《たもろもろ》の謝罪を、ずっと続けてきたせいで、謝罪だけはあまりつっかえない。ちなみに「すみません」や「申し訳ありません」などバリエーションも豊富である。全く自慢にならない。

「んー。そうきたか」

「すみません」

困り切った末に出てきた謝罪の言葉に対し、イザークは半ば感心したようなため息を漏らした。

その呆《あき》れた様な空気に、また思わず謝罪してしまう。こうなるともうループだ。

今はお互いの顔が見えないため、恐らく気付かれてはいないとは思うが、依織の顔は泣きそうに歪《ゆが》んでいた。

(どうして人の意図がこうも汲《く》めないのだろう。こんなにも良くして貰ってるのに)

以心伝心なんて言葉があるけれど、そんな現象は依織にとって夢物語だ。

いつだって相手の意図するところを汲み取れず、謝罪して終わる。依織の知る人間関係というのはだいたいそんなものだった。

自分の不甲斐《ふがい》なさに溢《あふ》れそうになる涙を、目にグッと力をいれて堪える。

「えーと、まずね。俺とデートなんて約束はしてないから謝らなくても大丈夫だよ。……って今の謝罪そういう意味で合ってた？」

どういう意味の謝罪だったか、と問われると困ってしまう。確かに、もしデートという言葉を聞いていなかったのだとしたら謝罪しなければと思っていた。

「……それも、ある、あります。でも、意図を、汲めない、から……私」

グルリグルリと胸中を回っていたふがいない自分に対する毒を吐き出すように、呟く。雑多な喧《けん》噪《そう》の中、まるで自分だけ浮いているような心持ちになった。意外と柔らかなラクダの毛を握りしめそうになって、自制する。折角乗せてくれているのに、痛い思いをしたら可哀想《かわいそう》だ。

きっとイザークも呆れてイヤになっているだろう、と思っているところに焦ったような声が聞こえてきた。

「いやいやいや！　意図を汲めないなんて当然でしょ！　ていうか、俺としては『何勝手なこと言ってるんだ』ってお叱りを受けるかと思ってたんだけどなぁ」

「そんな……」

予想外の言葉に、依織は目を見開く。先程溜《た》まりそうになっていた涙は驚きのあまり引っ込んだ。

親しくなって構わないと言って貰えたけれど、それでも王族のイザークを叱り飛ばすような度胸は依織にはない。心の中で多少ひいたり罵倒したりすることはあるかもしれないが、その辺りもできるだけ表面に出さないよう気をつけていたはずだ。

「えーと、まずは事後承諾デートはごめんなさい。あのまんまだとナーシルがまた暴走するかと思ってさ。嘘も方便、というか。あと、俺の計画としてはあの後誘おうかな、と思ってたからついでにね」

「そう、だったんですね」

「そうそう。だから意図なんて汲めないの当然なんだって。言ってないんだもん。だから、気にしないでね？」

「……はい」

そう言って貰えて幾分気持ちが楽になる。なにより、約束を忘れていたわけじゃなくて本当に良かった。ホッと胸をなで下ろしていると、本日の突発デート予定が明かされる。

「で、今日のデートなんだけど、この前言ってた服屋に行こうと思って。ほら、この前売って貰った布を加工してもらってるところなんだ。もしイオリがお店というか、布を売るつもりがあるならそこに卸せばいいんじゃないかなーって思って」

　砂の上をサクサクとラクダは進む。

　ラクダに揺られながら、イザークの穏やかな声を聞く。

　これから行く場所はイザークがよく服を仕立てて貰う服飾店なのだそうだ。

「王族御用達《ごようたし》……」

「いや、そんなガチガチにならなくても」

　イザークが行くからには、きっとキラキラと眩しい店だろう、と身構える。そうして辿《たど》り着《つ》いたのは予想に違《たが》わず、高級そうなお店だった。

「いらっしゃいませイザーク様」

　到着してすぐ、ラクダを預かって貰い、奥の部屋に通された。

　ガチガチになっているところで、イザークと引き離される。なんでも、頼んでいたものが仕立て上がったそうでその試着だそうだ。

（そりゃ試着は本人がいないとダメだよね。わかるよ、わかります。でも、知らない場所に一人はサイコ────にキツイんですけれども!?）

　王族とかいう太い客のお連れ様、ということで、受付担当らしき人がひっきりなしに世話を焼こうとしてくれる。王宮の侍女リターンズ、といった感じだろうか。

まともに受け答えもできず地蔵になっていたところ、やっとイザークが戻ってきてくれた。

彼の頭には見覚えのある布で作られたグトゥラがあった。

「どう、かな？」

少し照れくさそうなイザークを見ると、ほんのり緊張が和らいだ。

実際仕立てられたグトゥラは大変よく似合っている。依織はこの国の流行《はや》り廃《すた》りはさっぱりなので、純粋に好みの問題になってしまうが。

「……似合ってる、ます」

「そっか。ありがとう。あ、店長。この人がこの布の製作者さんだよ」

「おぉ、あなたが！　素晴らしい技術をお持ちですね。この布は本当に美しい」

「へ、あ、え？」

一目見てわかる。これは、ナーシルと同類だ。

好きなモノに対する情熱がすさまじい人。要するに、オタク。

「あのように薄く通気性が良いのにもかかわらず、裏側を透けさせないという技術、感服いたしました。また色味も単純な白ではなく、他の糸で複雑な模様を描いているように見えたのですがあっておりますでしょうか？」

立て板に水、ということわざがある。立てかけている板に水を流すと、重力も手伝ってスムーズに水が流れていく様のように、よどみなくスラスラと喋ること、という意味になる。が、なんかもうこの目の前の男性といい、ナーシルといい、好きな分野になると立てた板ごと流す濁流のようだ。

（なんだろう。滝修行のイメージに近いかもしれない。頭の上から大量の水を浴びせられて窒息しそうな感じ……）

まさに今依織は彼の弁舌という大量の水を浴びせかけられて、目を回しているところだった。そんな依織の様子に気づいたらしく、彼は一度ひいてくれた。

「いや、お恥ずかしい。素晴らしい布を見るとつい」

「予想以上だったな。イオリの布で大興奮してたから相談にのってもらえるとは思ったけど。大丈夫？」

「……はぃ」

全然大丈夫じゃないが、大丈夫と頷いてしまう日本人は少なくないはずだ。なんというか、条件反射で言ってしまう。少なくとも、依織はそういうタイプだった。

「全然大丈夫じゃないね」

「申し訳ない。何か飲むものを持ってこさせましょう」

目の前で申し訳なさそうに恐縮する彼は、服飾店「ナーシィ」の店主グルヤさんという。あの怒《ど》濤《とう》の話の中で、なんとかそれだけは聞き取って覚えることができた。

（進歩した。進歩したよね、私……）

人の顔と名前を覚える。これは前世からも大分苦手としていた分野だ。

だが、これだけ一方的にべらべらと話されればインパクトも絶大。そして奇跡的にも名前も聞き取ることができた。これで以降名前をど忘れするという失礼はしないですむだろう。多分。

グルヤの合図で控えていた人達がさっと動き出す。すぐに冷えた茶が出された。何か事前に準備していたのかもしれない。

「まぁこの分だと、彼女が布を売りたいと言ったらここで買い取って貰えそうだな」

「もちろんですとも！　うちの店はどのような布であってもきちんと鑑定を行い、適正価格で買い取らせていただいておりますからね。いやぁ、それにしてもあの布は久々に興奮いたしました。……ところで、イオリ様、でよろしいですかな？　イオリ様は服には興味ありませんか？　よろしければコチラで何点か……」

ギラリとグルヤの目が光った。確かにイオリはあまり服には頓着しない。王宮の一室に居たときは侍女の着せ替え人形。今は離れの中に用意された服から適当に引っ張り出して着ているだけだ。服飾のプロから見ると、大分間違った着用方法をしているのかもしれない。

が、このまま行けば王宮の二の舞。着せ替え人形再び、というフラグが立っている気がする。オシャレは嫌いではないが、オシャレのためにたくさんの会話をこなすのはちょっと無理だ。

どうやって乗り切ろうかと考えるも、良い案は浮かばず目だけをジャバジャバと泳がせる。できることならば、今すぐ存在感を消し去って彼の視界から逃れたい。

「グルヤ?」

「……うぉっほん。本日は顔見せだけ、でしたな」

依織がオロオロしていると、イザークの鋭い声が響いた。そちらを見れば、ギロリと厳しい視線をグルヤに向けている。威圧するような雰囲気は、流石王族と言ったところだろうか。隣にいる依織も叱責された気になってビクリと震え上がってしまった。

だが、その効果はテキメンだ。

しまった、という顔をしたグルヤが服オタクからデキる商人の顔に戻る。

「全く。着飾らせたい気持ちはわかるが、彼女はかなりの人見知りなんだ。こうして突然来てくれただけでも有り難いと思ってくれ」

「え、あ、え?」

困惑してイザークとグルヤの二人を交互に見つめる。

依織はごく普通の一般人である。何の因果か生まれ変わったり、神様から様々な恩恵を貰ったりはしたが、気持ちの上ではごく普通だ。有り難がられる要素は皆無なのだが。

フッとイザークが依織を安心させるように微笑んで、説明を加えてくれた。

「依織は正直あまり会話が得意ではないだろう?　でも、作品を作って売る、ということは意外と食いついてくれたから。それに、あの布は本当に素晴らしかった。だから、とりあえず店舗を持たず、ここに卸してみるのはどうか、と思ったんだ」

にっこりと微笑むイザークの顔は、有無を言わせないアレではなく、いつも通りのものだった。

グルヤもこの好機を逃してなるものか、と言葉を付け足す。

「勿論イオリ様もお忙しいでしょうから、ノルマなどは一切ありません。むしろ、制限がない方があの布のような素晴らしいものが生み出せそうですからな」

話しぶりから察するに、グルヤの店は布に困っているわけではないのだろう。チラリと店内を見ただけだが、様々な布で作られた服がディスプレイしてあった。その中でも依織が作ったあの布は今まで流通してきたものとはかなり毛色が違うのだろう。

依織だってそうなるように作ったのだ。

イザークが驚いて、そして喜んで使ってくれるような布を目指した。

その結果がこの評価であるのならばとても嬉しいことだ。

イザークが保証してくれるのであれば、条件が悪いということはないだろう。そう考えて、一つ頷いて見せた。

「量産は、できないですが……私の布、完成したら……また、見て下さい」

(失礼はない？　この言い方で合ってる？　大丈夫？　機嫌損ねたりしない？)

心の中では不安でいっぱいだ。それでも、久しぶりにかなり長いセンテンスをイザーク以外に話すことができた気がする。

考えすぎて頭痛はするし、なんなら動悸《どうき》息切れめまいも起こしそうだ。それでも、自分の作品を評価してくれた人には、ちゃんと礼を尽くしたい。

「布、褒めて貰えて、嬉しいです。ありがとうございます」

酸欠になりそう。それでも深々と頭を下げる。

なんとか、言うべきことはきちんと言えたと思う。

「イオリがこんなにがっつり話すのは珍しい。良かったな、グルヤ、そこまで引かれてないみたいだぞ」

「はっはっは。布好き同士通じ合うモノがあった、ということで」

「えっと、はぁ」

気の抜けた声が唇からつい漏れ出てしまった。

別に布好きだから通じ合ったか、と言われればそうでもない。そうでもないのだけど、今わざわざ訂正したら角が立ちそうなので黙っておく。

「むーん、それは妬《や》けちゃうなぁ。ま、いいか。イオリは他に要望ない？　あるなら今のうちだよ。グルヤはもしイオリに注文があるなら書面の方がいいってアドバイスしておくぞ」

「ふむ。なるほど。ですが、あまり注文をつけてしまうと自由さがなくなってしまいますからな。イオリ様のお手並みを知るためにもしばらくは時間があるときに自由に作った完成品を見せて貰う方がよろしいでしょう。幸い、うちの店は完成品を気長に待つだけの余裕はありますから」

イザークがグルヤと交渉を進めている一方で、依織は要望を考えてみる。

普段だったら人様に何かお願いするなんて考えもしないところだ。けれど、ここは服飾店。たくさんの服や布、そして服を引き立てる装飾品の数々がある。

ハンドメイド作家の創作意欲がうずいた、とでも言うのだろうか。

「あの……端切れって、どうしてますか？」

「端切れですか？　大体は廃棄しておりますが」

「！　も、貰ってもいい……ですか？」

「え？　ええ、構いませんよ」

端切れが欲しいというのは、余程素っ頓狂なお願いだったのだろう。そこはしかしデキる商人。

さっと傍に控えていた人に命じていた。

程なくして、様々な布が依織の目の前に積まれる。色も形もバラバラ。中には端切れと呼ぶには大きいのではないかと思うようなモノまで。

「持ってこさせはしましたが……このようなモノで構わないのですか？」

「あ、はい。十分です」

久々に見た大量の布に依織の目が輝いていく。

これだけあればパッチワークだってし放題だし、つまみ細工やコースターにシュシュまで作り放題ではないか。大きな端切れからはポーチだって作れてしまう。

（暮らしてはいけなかったけど、私やっぱりハンドメイド好きなんだなぁ）

しみじみとそう感じながら、高鳴る心臓を押さえつけつつ、言葉を探した。

「私、小物作りも、好きで……作ったら見て貰えます、か？」

恐る恐る言葉にした問いの返事は、満面の笑みで返された。

第五章　コミュ障の決意

「あ、すごい。この手触りは初めてかも」

依織《いおり》はたくさんの端切れに囲まれてご満悦だった。

グルヤとの交渉は、あの後すぐお開きになった。ひとえに依織の口下手のせいである。依織がこの端切れから、どんなものを作ろうとしているのかを上手《うま》く伝えられなかったのだ。そのため、布以外のものは実際に完成品を見てから判断しようということになった。

現在は、お土産としてもらった端切れの仕分け作業中である。

依織は前世の職業柄、様々な布に触れてきた方だ。それでも、見たことのないもの、さわったことのないものはいくらでもある。世の中にはまだまだ未知の素材があるのだと少しワクワクした。

恐らく、依織の布を見たグルヤもそういう心持ちだったのだろう。彼の場合は豊富な語彙力と商人として鍛えてきた話術が爆発してしまうことが問題だが。

「ファスナーとかがないから作れるものも限られちゃうけど、これだけあれば色々できちゃう。まずはこのヘアピン入れをつくろうかな」

イザークからもらったヘアピンのようなアクセサリーは大変キラキラしいが、大きなものではない。決まった保管場所がないと見失ってしまう可能性があった。使用していないとき、たとえば就寝時に置くためのアクセサリー入れのようなものがあれば便利だろう。

「このあたりの細長い布を裂いてヤーンにすればカゴが編めるかな？　編み針は……今度木で作ってみよう。木と小刀をお願いして……え？　話すの？　無理。お手紙に書くかな。私の場合そっちのが絶対いい。とりあえず今は指編みでいいか。久々だー」

毛糸やレース糸ほどの細さであれば無理だが、布を裂いたヤーンであれば指でも編むことはできなくはない。小皿のような形の小物入れなので、そう時間はかからずにできた。

そうなると、次が作りたくなる。

何せこれだけ材料があるのだから。

ヘアピンを保管するための小物入れを筆頭に、ポーチなど。パッチワークにまで手を出したため簡単なバッグなども完成した。創作意欲が次々に湧いてきて楽しい。

その結果どうなったかというと。

「まさか徹夜すると思わなかった」

「大変申し訳ありませんでした」

護衛のため屋敷《やしき》の外にいた兵士にチクられ、イザークに説教される羽目になった。作業があまりにも楽しすぎて、眠るのを忘れてしまったというのが正しい。侍女が朝食を持ってきてくれたノックの音にも気付けなかったため結構大事になってしまった。

中で倒れているのではないかと心配されてしまったのだ。

イザークが突入してきたのは朝食というよりも、昼食に近い時間になってからだ。

「今日は外出予定なかったし、お昼食べたらそのまま寝てね」

「えっ……」

「寝るよね？」

「……はい」

本当はまだまだ作りたいもの、作れそうなものがたくさんあるのだが、有無を言わせない笑顔で迫られてはイエスという他ない。実際、多方面に心配をかけてしまったという自覚はある。

「寝るまで見張るから」

「えっ⁉」

「あのね？　俺ものすごく心配したんだよ？　確かに王に言われたから、イオリの面倒を見るのが仕事っていう部分もあるのは否定しないけど。それでも報告受けたときに心臓跳び上がったんだから」

「大変申し訳ありませんでした」

謝罪の言葉であれば淀《よど》みなく出てくる自分の口に感謝しつつ、もそもそと昼食を食べる。徹夜したせいか、少し胃が重く食事が進まない。

それでもなんとか完食する。

「食べてすぐ横になると具合悪くなる人もいるから、少しお話でもしようか」

この場合のお話というと、お説教に間違いないのだが、それを拒否する権利が今の依織にあるはずもない。ダラダラと冷や汗を流しながらイザークと対峙《たいじ》する。

「まったく。眠らせないって拷問もあるのに、自主的に眠らないってどうなの？」

「す、すみませんでした」

「いや、まぁ起きちゃったことは仕方ないから、今後はやめてね？　あ、それとも寝るまで毎日見守る？」

「いえ、それは、あの、むり。じゃなくて！　ええと……迷惑、そう、迷惑になる、ので」

おはようからおやすみまでを見守られたら、製作どころじゃなくなってしまう。というか純粋に迷惑だろう。断固として阻止したいため、足りない語彙力をフル回転させて言葉を紡ぐ。

あまりに必死に言葉を探している様子が面白かったのか、イザークはとても楽しそうだ。

機嫌を損ねたワケではないことに安堵《あんど》する。

「ははは、半分くらいしか本気じゃないから安心して」

半分は本気なのなにそれこわい。

と、口に出せたらコミュ障卒業である。いや、この台詞《せりふ》はこの台詞で問題があるので、結局はコミュ障かもしれないけれど。

思わず何言ってんだこいつ、という目で見てしまったがそれに関しては依織は悪くないはずだ。

「あはは、目線が冷たい」

「……」

心配をかけて申し訳ない、とは思っている。思っているが、からかわれるとやはり良《い》い気持ちにはならない。

そういえば、この人は女タラシ人タラシの家系だった、と思い直してしまう。

いい人だとは思う。けれど、油断するといつの間にかスルリと心の内側まで入ってこられそうだ。

（一番の問題は、それが特にイヤって思っていない現状かも）

正直に言えば、イヤではないのだ。

世話をやかれることも、ラクダに一緒に騎乗することも。今までの依織であればどちらも酷《ひど》く恐縮して、消えたい気持ちになった。

こんなに親切にしてくれるのに、自分には何も返せるモノがない、と。

今だって、何か返せるモノがあるとは言い切れない。なのに、イザークは「それでも、少しくらいは甘えていいんじゃないか」という気にさせてくる。この人タラシは本当に侮れない。

「おーい、自分の世界入っちゃった？」

「あ、……えと、はい」

「素直だ！　いや、イオリは元々素直なんだろうけど。そういうとこもいいなぁって思うよ。ともかく、心配させないでねって話だよ」

「頑張ります」

さらりと混ぜられた口説くような言葉を聞かなかったことにして、後半の心配させないでという部分にだけ返事をする。

「んー。わかってるんだかわかってないんだか。今ね、イオリはこの国にとってかなりの重要人物なんだよ？」

「へぁ？」

「あ、わかってなかった」

自分の世界に籠もって考え込んでいたせいで、イザークの話の大半を聞いていなかった。

国にとって重要人物と突然言われて戸惑ってしまう。

「国の危機を救ったって言えばわかりやすいかな？　今イオリに教えて貰《もら》った方法を色々試して、国は少しずつ力を蓄え始めてるんだ。まだ実験段階のものも多いから目に見えての進歩ではないけれどね。わかりやすいところだと、イオリがあちこちに出向いて飲み水を増やしてくれているお陰で今年は死者が激減した……って言うと、すごさを分かって貰えるかな？」

「え、でも、それは……」

確かに依織は塩に侵食されているオアシスから塩を除去して回っている。でもそれは、依織が神様から貰った錬金術を行使しているだけにすぎない。

それが善行のように言われても、自分の事のようには思えなかった。

（自分の力ではないから、そんな風に言って貰える資格ってないと思う。だから、かな。色んな人

から好意的な目で見られても、結局は私じゃなく神様の力を見てるって思うから素直に受け取れない）

「イオリの活躍を知ってる人は皆イオリに感謝してるよ。だからもっと自信持って。で、自分のことちゃんと大事にしてね」

特に口説くわけでもない、紳士的な言葉を残して、イザークは仕事に戻った。残された依織は少し泣きそうになる。

そんな風に言われるような人間じゃない、と言えればどれだけ楽だろう。

感謝している人も、イザークも、本当のことを言えばきっと依織自身には見向きもしなくなるはずだ。

（本当のことを言って、ひとりぼっちに戻る方が楽……って今までなら思ってたはずなのに）

もともと人付き合いを避けてひとりぼっちを望んでいたはずなのに、いつしかこの環境になれている自分がいることに、依織は気付いていた。

自意識過剰でなければ、多分依織はイザークに口説かれている。

イザークの事情もわからなくはない。

神様に貰った錬金術ありきではあるが、依織は今この国になくてはならない存在らしい。だからこそ、人材コレクターと噂《うわさ》される国王がこの国に自分をつなぎ止めるために色々画策してくれているのである。この離れの環境なんてその最たる例だろう。ただの小娘にここまでの厚遇をしてくれるほど、王というのはお人好《ひとよ》しではないはずだ。

「……逆にその方が安心する」

利害関係の一致と言われる方が気持ちが楽だ。

それこそ仕事として塩抜きを請け負えば良い。けれど、今この国は少しずつソルトスライムを使役できる人材を増やしているのだそうだ。それから、ナーシルが頑張って依織の錬金術を解明しようとしている。

そのうち、依織は要らなくなるはずだ。依織がいなくても、クウォルフ国は国としてやっていける。そうなってくれるように依織が仕向けたからだ。

狙い通り依織がいちいち出向かなくてもやっていけるように動いてくれてはいる。だが、人材コレクターの王様は依織を手放すつもりはない。そこまでの事情は理解した。

「人と関わるのがしんどいのは、何一つ、全く、これっぽっちも変わってない。変わってない。けど、少しくらいは許容できる気が、する。いや、許容するのって私じゃなく相手なんだけど。……許容してくれそうな、気がする」

今、依織は周りにかなり恵まれている。

ナーシルはたまに暴走するけれど、魔法に関して真摯で一途《いちず》。本人が変人だからかはわからないが、依織が話せなくても気にしない人だ。

他にも、王都までの道中で世話になったメンバーはいずれも話すのが下手くそな依織のことをあまり気にしないでいてくれる。これが、どれだけ恵まれているかを依織は知っている。涙が出るほど有り難いことだ。そこに胡座《あぐら》をかいてはいけないと自分を戒めなければと思うほどに。

だから、この環境であればなんとかやっていけそうな気はする。

そうなると、今度は依織がどうやって働くか、だ。

流石《さすが》に何もしないまま国におんぶに抱っこという気持ちにはなれない。少なくとも依織は。

「すごく良いタイミングでグルヤさんと会えたと思う」

依織唯一の特技と言っても良い手先の器用さが発揮できる分野。とりあえず、布を完成させれば適正価格で買って貰える。収入としてはかなり破格なはずだ。

ただし、それもこれもイザークに揃《そろ》えて貰った道具と糸あってのこと。

もしその道で食べていくとしたら、それらを揃えるところから始めなければならない。が、それも恐らくなんとかなる。既に色々前払いして貰っているから。

国王がOKを出してくれるなら、死のオアシスに戻るのが一番良い。ラクダにのれるようになればなんとかなるだろう。

「だから、イザークが国の犠牲になることはない」

もしかしたら、少しはイザークも好意を持っていてくれたのかもしれない。

けれど、それは依織の表面だけを見てのことだ。国にとって有用な錬金術を使えるという部分が大きなアドバンテージになっていることは恐らく間違いない。

本当の依織は、重ねた年齢で言えば国王と釣り合うくらいで、何の力も持たないコミュ障だ。

「……私なんかに囚《とら》われることはない、よ」

なんとか暮らしていけそうだから。

依織を気遣って口説いたりしなくていい。

本当の依織はただの、少し手先が器用なだけのコミュ障だ。

「ちゃんと言おう、うん。いや、言えないけど」

言えないから、手紙で。

優しくしてくれたことはとても嬉《うれ》しかった。

贈り物だって、凄《すご》く嬉しかった。

何よりも、依織の存在をきちんと受け止めようとしてくれたことが新鮮な驚きだった。

そういう、感謝の気持ちもきちんと添えて、本当の事を書く。

本当はもっとちっぽけで何の存在価値もない自分の事を。

きっとそれを伝えてしまえば、今まで通りの態度ではなくなってしまうだろうけど。

「……考えてみれば一国の王様に会ったり、王族に物凄《ものすご》く親切にして貰ったり、なんて。凄い体験したなぁ。流石異世界だ」

何度も書き損じながら、丁寧に言葉を選ぶ。

じわり、と視界が歪《ゆが》むのは多分気のせい。ジクジクとこの先のことを考えて胸が痛むのも、気のせい。

今まで騙《だま》しておいて、今更それを手放したくないだなんてそんな虫がいい話はあり得ないのだ。

「大丈夫。大丈夫だし」

一人には慣れているし、ずっと望んでいたことだ。

誰とも関わらず、趣味だけして生きていく。残念ながら、誰とも関わらないというのは難しくなってしまったけれど。

それでも、今までだって一人だったから、今から一人になることだって絶対に大丈夫だ。

そんな気持ちをなんとか手紙にしたためて、就寝する。

徹夜をして心配をかけたばかりだから、眠らないという選択はとれない。もっとも、イザークが手紙を読んだ後の、本当のことを知った時の反応をグルグルと考えてしまい眠りは浅かったけれど。

考えられる限りの最悪の想像はした。

どんなに罵倒されようと、幻滅されようと、やっぱり手紙を渡さないという選択肢だけはとれなかった。

「ねぇ、ちゃんと寝た⁉」

余りきちんと眠れず、かといっていつも通りの時間に起床しないとこれまた心配をかけてしまう。そう思って出来るだけいつも通りに過ごしていたが、やはり顔色の悪さだけはどうにもならなかった。

お昼過ぎに依織の元を訪れたイザークには開口一番でそう言われてしまった。

（やっぱり良く人のことを見てるよね。人タラシは人の変化に敏感なんだなぁ）

もしかしたら今日でその対象から外れるかもしれない。それに寂しさを覚えつつも、なんとなくその事実が面白かった。

「手紙、を……書いた、ので」

何枚も何枚も書き損じて、やっと書けたものを渡す。これだって十分に伝えられるかは自信が無い。

渡さなきゃ、ということで頭がいっぱいで、寝たか？　という問いに答えられてないことに後から気付いた。

「あ、えーと。そういう顔になっちゃうくらい頑張って書いた手紙ってことかな？　んー、じゃあ今読んじゃうね。気になるし」

「……はい」

首はギロチンにセットされた。スタンバイオーケー。

あとは、勢いよくこの首を刎《は》ね飛ばすだけだ。

勿論《もちろん》比喩ではあるけれど、依織はそういう心持ちだった。

ただ、ヤケクソもここまでくると一周回るのだろうか。泣きそうになったり、情緒が大分不安定だったのに、今は落ち着いてイザークの顔を見ることができた。

（あぁ。馴染《なじ》みがない褐色の肌だけど、本当にかっこいい人なんだよね。イザークって）

イザークが読み終わるまでのわずかな時間、依織は最後になるかもしれないとじっくりイザークの顔面を見ていた。

体感としては、とても長く。でもきっと、実際は5分にも満たなかっただろう時間が流れた。

「読んだ」

「はい」

このあと自分はどうなるのか。今さらだが国家を謀《たばか》った罪、なんて言われたらどうしよう。今までとても優しかったイザークではあるが、国に対して害があると判断される可能性が皆無ではない。

（逃げきれるかな？　攻撃魔法の練習なんかしてないし、転移魔法もあったような気がするけど転移先がわからないと危険って書いてあったような）

あまりにも現実を直視したくないせいか、思考が明後日《あさって》の方向にずれていく。向かい合ったイザークは、厳しい顔をしていた。

「……結構、色々なことが書いてあって少し混乱しているんだけど」

「ごめんなさい」

混乱させてごめんなさい。でも、顔も見たくないと言われる覚悟だけはきちんとしているつもりだ。

今すぐ夜逃げだってできる。昼だけど。

そんな依織の心配をよそに、イザークは呟《つぶや》いた。

「まさか年上だったとは。どんなに口説いても靡《なび》いてもらえなかったのってそのせい？　もしかして、ほんとに伯父の第八夫人の方がメがあるってこと⁉」

「はぇ？」

「年下には魅力感じないタイプなのかな、と」

「あの、えっと？」

予想していたどれとも違う言葉を返されて、依織は面食らう。頭の中は？マークでいっぱいで、上手く処理しきれず無駄に手をグーパーと繰り返すだけだった。

そんな依織をよそにイザークは言葉を続ける。

「いや、俺もね、うぬぼれてたところはあるかもしんない。でもさぁ、結構いい顔面に生まれてしかもそこそこいい家に生まれちゃったわけじゃん？　勿論それに対する責任の重さやばいし半端ないけど、それなりにそつなくこなせちゃうからちょっと調子に乗ったのはあるんだよ。でも、なんで全く靡いてくれないのかな？　とか思ってたんだよ。つまり、イオリは年下は範囲外？」

「え？　いえ、そうではなく」

「年下もオッケー？　なら、俺頑張るね」

何だろう、この、嚙《か》み合《あ》わない感じ。

問題なのはそこなのだろうか。

「あの、そうじゃ、なくて」

「ん？　もしかしてその他にも色々書いてたけど。もしかしてソッチがイオリ的にはメインだった？」

メインというか、そこが国としては大事なのではないだろうか。

オアシスを救ったなどと言われていても、それは依織の手柄ではない。騙していたと言われても仕方が無い行為だ、と思っていたのだが。

「うーん。例えばイオリの塩抜きの魔法なんだけど、あれは神様から貰った、んだよね？」

「……はい」

「でも、イオリはその力を隠すこともできたし、使わないこともできた。もっと言うなら、魔法を使ってあげるから一回につき宝石を一つ寄越せ、とかもできたよね」

「へ？　あ……」

そんなこと、考えてもみなかった。

考えたのは、何度も何度も呼ばれたら会話する機会が増えて面倒だな、くらいで。出来れば何回も呼ばれたくないし、人と関わる回数が増えるのは億劫《おっくう》だった。

でも、それだけだ。

実際はイザークがほとんどの対話をしてくれたし、ナーシルは質問攻めにはしてきたけど、それはそこまで不快ではない。ただ、上手く返答できなくて申し訳ない気持ちはあるけれど。

「ふふ、考えていなかったでしょ。正直ね、王族と付き合いがあるとそういうこと言い出すヤツ多いんだ。勿論、労働に対して正当な対価を払うのは当然のことなんだけどね。でも、見返りを求めないイオリだからこそ、俺を含め皆が率先して何かしたいって思ったんだよ」

実際は、何かする度にイオリは恐縮して固まっちゃったけどね、と苦笑しながら続けられる。

考えが及ばなかっただけなのに、まさかそんな風に受け止められるとは思いもしなかった。

「そういうところが、いいなぁって思ったんだよね。あと、何もかも能力を与えてくれた神様のお陰って思ってるのかもしれないけど、違うと思うよ」

「それは……」

思わず首を振る。

だって、実際何もかもあの神様からもらったものだ。シロやトリさんと共存できたのも、錬金術を使えるのも、布を織ることだって、神様がお膳立てしてくれたからだ。

「道具や一番最初のやり方をくれたのはその神様かもしれない。でも、俺に布を織って、プレゼントしてくれたのは？　この国のあちこちに足を運んで、救ってくれたのは誰だと思う？」

「……」

「字をわかるようにしてくれたのは神様かもしれないけれど、こうやって自分の事を正直に伝えようと手紙を書いてくれたのは。俺と、ずっと文通を続けてくれた、ちょっと喋《しゃべ》るのが苦手な人は、紛れもなくイオリだよね」

「はい」

それはそうだ。布を織ったのも、足を運んだのも、今こうして手紙を書いたのも、それは全て依織がしたことだ。

その言葉が、ストンと収まりよく胃《い》の腑《ふ》に落ちていく。

「……私、ですね、それは」

ぶわり、と何かがこみ上げてくる。

感情がうまく制御できない。

恥ずかしいのか、嬉しいのか。ツン、と鼻の奥が痛い。

「うんそう。神様がいろんな手段を与えてくれたのは、きっとそうなんだと思う。死のオアシスに突然人が住み着いた、なんて事柄、神様が関与でもしないと辻褄《つじつま》合わないしね。でも、その手段を行使したのは、他でもないイオリなんだよ」

優しい声が、依織の耳に届く。普段だったら焦って上手く脳みそに染みこんでくれない言葉が、じんわりと沁《し》みていった。

高ぶった感情が、頬を濡《ぬ》らしていく。

こんな年齢なのに自分の感情が制御出来ないのが恥ずかしくて、依織は俯《うつむ》いた。

「あの、ごめんなさい」

「謝ることないのに。伝わったみたいで安心したよ」

触れてこようとして、止まって。それからもう一度、これ以上無く優しくイザークの手が依織の頭を撫《な》でる。その手のぬくもりに、バカみたいに安心してしまって、こぼれ落ちる雫《しずく》が止まらない。

恥ずかしさと申し訳なさで、止めなければと必死になる。けれど、泣いたのなんてどれくらいぶりかわからない。泣き方がわかっていなかった人間が、涙の止め方なんてわかるわけもなかった。

物理的に止めようと手の甲で目をこすろうとして、それを察知したイザークに止められた。

「こすったら傷になる。砂漠はどこでも砂が入り込んじゃうからさ」

確かにどんなにキレイにしても、いつの間にか砂は生活に入り込んでいたりする。砂がついた手で目をこすれば最悪失明のおそれがあるのはわかる。

（それでも、この離れはそういうことが少ないのに）

それくらい彼が自分に対して過保護なのだと思うと、顔に熱が昇った。そのショックで涙が止まってくれればいいのに、流石にそれはなかった。

いつも座る椅子に座らされ、暫《しば》く経《た》ってから濡れた布を手渡された。

「目、冷やしながら聞いてくれる？」

今声を出せばみっともなくひっくり返りそうだから、大きく頷《うなず》くことで返事をした。バカになった涙腺は、なかなか通常営業に戻ってくれない。

「こういう状況で口説くのってなかなか卑怯《ひきょう》な気がするんだけど。さっき言ったのと同じ理由で、俺はイオリのことが好きだよ。……全く国の思惑が絡まないって言ったら大嘘《うそ》になるけど」

手紙には、国のための犠牲にならなくていい、みたいなことを書いた。

だって、こんなに優しい人が依織を口説くだなんて思っていなかったから。

けれど、それは違うと理解できてしまった。

イザークはたぶん、依織自身のことを好きだと思ってくれたようだ。

では、依織自身は？

「今はまだ結構混乱してると思うから、改めて考えてみてほしいかな。俺は国のことを切り離してもイオリのこと好きだなって思ってる。だから、イオリも役目とか立場とか、一度切り離して考えてみて欲しい。……返事、待ってるからね」

そう言って、イザークは依織に考える時間をくれた。

暫く涙は止まりそうになかった。


「よく考えなくても、大変失礼だったのでは⁉」

後から考えれば、大変見当違いな手紙を押しつけ、かなり年上なのを暴露。その上、年上らしい落ち着きも何もなく、泣いて話ができないという失態をしでかした。

そんな依織をイザークは責めたりはしなかった。その点は救いではあるものの、顔面蒼白《そうはく》ものの大失態には変わりない。

「たっぷり慰めてあげたかったけど時間がなぁ。仕事ってめんどくさいね。じゃ、また明日。楽しみにしているよ」

そう言って、イザークは仕事に戻っていった。

つまり依織は、日付が変わって明日、彼と会うときに返事をしなくてはならない。

「失礼をぶちかました上に、自分の気持ちをまとめて報告書を仕上げなければ⁇」

報告書ではないのだが、そういう表現にでもしないと依織の中で折り合いがつかない。

好きだと言われたあとに、自分の気持ちを整理して相手に伝えるための文章を書く、なんて。

そういうのを、世間では恋文とかいうのではないだろうか。

（え、いやでも、はぁ⁉　ど、どうすれば……）

正直に本当のことを告げれば、依織は自分が嫌われるモノだとばかり思っていた。

「今までずっと借り物の力で自分たちを騙していた」なんてことを言われるとばかり考えていたのだ。そしてその後、どうやって逃亡しようか、というところまでも考えていた。

逃亡計画は用がなくなってしまったが。

「イザークは、なんて言ったっけ？　なんか、色々関係なく、どう思ってるか、みたいなことを。え？　そもそも私、告白されたの？　……された、気がする」

あのときはいっぱいいっぱいでよくわからなかったが、多分彼のあの言葉は告白だ。

自意識過剰でなければ告白だと思う。

マジか。

正直、台詞の詳細は覚えていない。

ただ、たくさん嬉しい言葉を貰って、嬉しい気持ちでいっぱいになって、感情が溢《あふ》れた。というか決壊した。涙、という形で。

で、キャパオーバーしてしまい、今に至るわけで。

「お、落ち着いて。書こう、紙に」

言われたことを思い出して書き出し、のたうってもう一度向き直り、というのを繰り返す。

好意を向けられたこと自体、凄く久々な気がする。前世の後半は、業務としてしか人と関わっていなかった。家族はいるし、嫌われていた、と言うほどではないが、持て余されていた記憶しかもう残っていない。

だから、好意を向けられているという事実を認めるところからして少し問題があった。久しぶりすぎて、その事実を受け入れるのが難しい。しかもイザークがこちらに向けているのは恋愛感情、らしい。

「キャパオーバーでしかない。でも、今はあちらの気持ちじゃなくて、こちらの感情の話であって……」

だが、冷静に考えようとしても無理がある。

そもそも相手から純粋に好意を向けて貰えている時点で、こっちの好意も、うなぎ登りなのだ。

素直に発露できるかはともかくとして。

少なくとも嫌いになる要素が何一つとしてない。

気遣いができるイケメンが、こちらに好意を向けている状況で、果たしてどのくらいの女性がその好意をむげにできるだろうか。

しいてあげるならば、女タラシ要素でちょっと引く、というのはあるかもしれない。けれど、それも確定してはいないわけだし。女の扱いには慣れていそうだけど、それはそれで個性なのであろう。

王族という立場もあるからそれはしょうがない。ちょっとムッとする部分はあってもしょうがないったらしょうがない。

「……そもそも恋愛って何？」

よく考えれば、依織は恋愛経験は皆無だ。

それもそうだろう。対人経験からして、あまりないのだから。

もちろん、人並みに恋愛漫画や恋愛小説を読んだことはある。ただ、これは物語であって自分の身には降りかかるはずもないという気持ちがあった。だって、主人公達《たち》は皆、周りと意思の疎通が出来ていたのだから。依織とはその時点で何もかもが違う。

だから、自分の身に「恋愛」なんて現象が降りかかってくるなんて思ってもみなかったのだ。

「……どうしよう、さっぱりわかんない。わかんないけど。わかんないが答えでいいのかな……？

いや、いい歳《とし》してわかんないってアリなのかな？　でも、わからないものはわからないし」

わからないのゲシュタルト崩壊を起こしそうだ。

混乱した頭のまま、自分で作った紙に書き連ねる。

書いて、書いて、書いて。

そうしてようやく結論が出たのは、空が薄明るくなった頃だった。

「……仮眠くらいとらないと、怒られちゃう。朝ご飯いいから寝よう」

その旨を紙に書いて、護衛の人に見せる。

ずっと起きていたせいでボーッとなった頭は、ほどよく人見知りを緩和してくれた。

その日の昼過ぎ。

しっかりと睡眠不足を補った依織の前にイザークが現れた。

「実は午前にも一度来たんだけどね。護衛に事情を伝えていてくれて助かったよ。寝不足にしてしまったのは、昨日の会話のせい……だよね？　明日まで、なんて言ったから無理をさせたかな？」

焦《あせ》らす意図はなかったんだけど、とイザークは苦笑する。

そんな彼に手紙を渡す前に、依織から話しかける。

「あの……」

「うん？」

「たくさん、考えたのですけれど……」

用意していた言葉を唱える。

最初の言葉は、自分の声で、と眠る前から決めていたのだ。

文通がダメというわけではない。

文字でも、紙でも、上手く伝えられるのであればそれでいいと思う。この世界にはないけれど、電話だってメールだってチャットだって、なんだっていい。

なんだっていいけれど、今は自分の声で伝える方がいいのではないか、とそう思った。

言うべき言葉も、ちゃんと決めたから多分、大丈夫。

「私の答えは、わからない、でした。……好きになるとか、好かれるとか、そういう経験が、ないから」

詳しくはＷＥＢで。

ではなく、手紙で、ということを示すために手紙を渡す。

伝えるべきことだけは多分伝えられたので、あとは手紙にお任せだ。

下手に喋りすぎると過呼吸を起こしそうな気もするし。

「あ、うん。ここから先はお手紙ってことね。わかった、ありがとう」

ここまで来て、随分紙作りの方も上達した。まだまだ満足いく出来ではないが、当初よりも薄くインクも滲《にじ》みづらい。

指摘されて初めて気付いたけれど、神様からのもらい物はあれど、自分の創意工夫でなんとかしてきたものもそれなりにあった。

依織が、卑屈になってそう受け止められていなかっただけで。

「しかし、わからないっていうのは予想外の答えだなぁ」

「あ、そっか。えっと」

わからない、ということを伝えられただけで安心してしまった。もう少しだけ続きがあることを思い出す。

「えっと、好きか嫌いかであれば、間違いなく好き、です。その、恋愛かがわからなくって……」

「それ先に言って⁉」

「うぇ⁉　は、はい、ごめんなさい」

手紙を読んでいたイザークが、依織の言葉にガバリと顔を上げる。

「嫌いではないってことでいいよね？　じゃあ、お試しで付き合うのはどう？」

真剣な表情のイザークに詰め寄られる。

あぁ、ほんと顔がいい。

「お、お試し？」

「そう、お試し。とりあえず恋人っぽいことしてみよう。で、イヤならすぐイヤって言ってくれればやめるし！　あ、言えない？」

「……言えない、かも？」

ノーと言えない日本人代表と言っても過言ではない依織である。

「でも、無理なことは、多分、無理って。すぐ言う、ときも、あります」

「あー……そういえばそうだったかも。イエスかノーで、少しでも迷うと結論が出せないって感じだったもんね」

この短い期間でよくそこまで依織のことを見ているモノだ、とちょっと感心してしまう。

どうあっても無理であれば、依織は即座に却下することが多い。逆にイエス・ノーどちらにもメリット・デメリットがあって結論を瞬時に出せない時の方が言葉に詰まってしまう。どちらかを選ぶのが苦手、といっても良いかもしれない。

「ん？　てことは、お試しお付き合いはいけそうだよね。即座に却下されてないし」

そのことに気付いたイザークの笑顔は、大分明るいモノだった。

第六章　コミュ障な自分にできること

「あの……」

「うん？」

「死ぬ……。心臓破裂で」

「はっはっは、大丈夫大丈夫」

何を根拠に大丈夫と言っているのか甚だ疑問である。

とても楽しそうなイザークを尻目に、依織《いおり》は自己申告通り心臓を破裂させて死ぬかもしれないという危機に陥っていた。

今、依織は何故《なぜ》かイザークの膝の上に座らされている。

安定しないから、という理由で抱えられているし、依織の腕もイザークの首に回すように言われている。何がどうなっているやらわからないうちに、そうされてしまった。手際が良すぎる。

安定しないなら下ろしてくれればいいのに、とは思った。が、言葉にはならなかった。意味不明な悲鳴は何度も口から漏れ出たけれども。

これだけ密着してしまえば、布越しであろうとも肌のぬくもりがわかってしまう。その事実が更に依織の混乱に拍車をかけた。

（汗臭くないですか⁉　っていうか、それ以外にもなんか色々無理‼　羞恥で死ぬ！　いっそひと思いに殺して！！！）

脳内が物騒な単語で埋まっていく。暑さとはまた違った汗が背中を流れていった気がした。

だって、他人が意味も無くこんなにも近い位置に居るだなんて。

そういった経験は以前にもあった。ラクダに二人乗りしているときの距離感はこんなものだったのは認める。けれど、それはあくまでラクダに乗って移動、という目的があった。

今は意味も無く、こんな状況に陥っている。

いや、イザーク的には意味はあるそうなのだけれど。

「死ぬ……死んでしまう」

もう自分が何を口走っているのかもわからないくらい混乱している。

イケメンは匂いまでもイケメンなのか、ほのかな柑橘《かんきつ》系っぽい匂いがした。多分、香水なのだろう。大変ずるい。依織は最低限清潔にはしているものの、そういったオシャレなものには一切手を付けていない。急にこんなに大接近するのであれば、もう少しなんとかしたのに。

そういえば、昨日はちゃんと身だしなみを整えたんだっけ？

イザークの爆弾発言からのお手紙書きで、正直記憶がぶっ飛んでいる。

習慣で無意識に昨日の依織がやってくれていればそれでいい。だが、もしやっていなかった場合は……。

そう考えるだけで冷や汗の量が増えた気がする。

もう勘弁して欲しい。

(こ、これ以上の密着は無理では？　おまえをころしておれもしぬ、的な覚悟で逃げるしか)

依織のパニックが最高潮に達した辺りで、イザークの拘束が緩んだ。

穏便に距離をとれるようになったのを察知して、依織は脱兎《だっと》の如《ごと》く逃げ出す。

壁に張り付く勢いでイザークから距離をとった。王宮の離れの壁はサラサラと良《い》い手触りだなぁ。

「ははは。予想外の言動の連続で、俺としては大変楽しい。でも、死なれても、っていうか、これ以上警戒されても困るから一旦仕切り直し、かな？」

「……」

恨みがましい目で睨《にら》み付《つ》けるけれど、そんな依織の視線など何処《どこ》吹く風でイザークは笑う。その笑顔がなんだかんだ嬉《うれ》しそうなので、依織もなんとなく許してしまいそうになる。実際、ただのスキンシップなので、なんと咎《とが》めればよいかわからないし。

この世界の恋人同士がどういうものなのかはわからないが、概《おおむ》ね前世と変わらないだろうとは思う。他愛もない話をして、スキンシップをして、多分そういうものなはずだ。

「んー、警戒された？　お試しだから大分ライトなことをしたと思ってるんだけど」

「あれで⁉」

「もう少し踏み込んでみる？」

ニッコリと微笑《ほほえ》まれてしまったので、全力で首をふって返す。出来れば部屋からも逃げ出したい。けれど、それは失礼な気がするのでできない。八方塞がりだ。

「どうしよう。反応が楽しすぎるけど、あんまりやり過ぎるとなぁ～」

「心臓が死ぬ……」

「ふふ、死なれたら困るけど、俺としては折角の恋人お試し期間に存分に色々知りたいとも思うんだよね」

お互いの事を知るのは構わない。

けれど、それで死んでしまう可能性が出てきたので勘弁して欲しい。少なくともコミュ障がこじれて死ぬ可能性は大いにあるのだから。

「ごめんね。これでも結構嬉しくて浮かれてるんだ。あ、ところでこれ伯父にも報告していい？」

「え、あ……。言わなくても、国外逃亡は、しない、ですよ？」

「俺はそう思ってるんだけどねー。でも、伯父はイオリとまともに会って話してないじゃない？だから、客観的に見ても国外には行かないって思えるような証拠があった方がいいかと思って」

理屈はわかる。

理屈はわかるのだが、何故だか素直に頷《うなず》きづらい。

このまま流されるとろくな目に遭わないのではないかという直感が働くのだ。

「まぁ、公表したが最後、お披露目パレードまで組まれる可能性は否定しないけど」

「パレードはイヤです！」

「了解。じゃあそういうのを回避しつつ、まずは報告だけにとどめておくよ」

あ、と思ったがもう遅い。

いつの間にか報告することは決定事項になっていた。

（無理だよ。絶対に口じゃ勝てない。貝になるしかない。でも、イザークって黙っててもそれはそれでやりやすいようにコトを進めるんじゃ……）

かたや、生まれながらに王族で様々な駆け引きの場数を踏んできた男。

かたや、コミュ障をこじらせて死んだ女。

どこからどう見ても勝負の行方はわかりきっている。

「今みたく本当に嫌なことは、ちゃんと言ってくれれば俺もしないよ。大丈夫」

そこだけは保証してくれたので、腑《ふ》に落ちきらないまでもとりあえず了承する。

いつまでも壁と仲良くしているわけにもいかないので、警戒しながらも傍《そば》へ寄っていった。何せ、この部屋の中で座る場所といったらそこくらいしかないのだから。

「今日は何処かに出かける予定もないし、こうやってお話ししてるのもいいよね。イオリはどうやって過ごす予定だった？　そういえば端切れで色々作ってたみたいだけど」

問われたので、作った作品を何個か持ってくる。

端切れを裂いたり繋《つな》いだりして作ったヤーンや、それを編んで作ったカゴ。その他にもポーチにつまみ細工の花など。

一つ一つ見せる度に、イザークは感心したり驚いたりと忙しそうだ。その反応がとても嬉しい。

つまみ細工の花などは加工してブローチにしたいと言ってくれた。次のパーティで身につけたい、とのこと。

ちなみにその流れでパーティも誘われたが、即座に首を横に振った。そんな場所に入っただけで心が死ぬに決まっている。

ただ、透明人間として覗《のぞ》くのならば楽しそうだけど。きっとこの国独特の衣装が見られるのだろう。それは少しだけ楽しそうに思えた。

そうして楽しい時間を過ごしていると、突然ノックの音が聞こえた。

夕飯の時間には早すぎる。

今までに無かったことなので、いぶかしげな表情を浮かべる二人。

何故だかあまり良くない予感がした。

「どうした?」

依織がマゴマゴしている間に、イザークがドアをあけた。

そこには見知った顔が一人。

「隊長さん……?」

依織の住んでいた死のオアシスまでの行軍の隊長を担っていた人物が、そこにいた。しかも、その表情は明るいとは言い難《がた》い。

ジワリと、嫌な予感が広がっていく。

「イザーク殿、そしてイオリ殿に報告及び相談があります」

「相談？」

その言葉選びにイザークが眉をひそめる。

「予言師達《たち》が口を揃《そろ》えて予言を出しました。７日後、強大な砂嵐が来ます」


この国には予言師なる人達がいるらしい。彼らは魔力をもって先を見通す力があるのだとか。

この辺りは魔法オタクのナーシルが以前解説してくれた覚えがある。今まですっかり忘れていたけれど。

ともかく、そういった人達がいるお陰で、砂嵐が来ても被害を最小限に抑えられるのだそうだ。

依織からすると気象予報士のような感覚である。この世界に人工衛星はないし、あったとしても砂嵐の予測をするなんてできなさそうだけれど。

その予言師という人達は、普段から色々な事象を予言するらしい。例えばその年の農作物の出来映えだったり、水不足が深刻になりそうな場所だったり。今まで依織が塩抜きをしてきた場所の大半は予言で示された場所なんだそうだ。

予言は全てが当たるわけではないし、人によって得意な分野・不得意な分野がある。そして、それらの予言を聞いて、最終的な判断を下すのがイザークの伯父である国王なのだそうだ。

お抱えの予言師は何人か居て、その人ごとに予言の精度や言うことはバラバラらしい。

だが、今回の予言は違う。

ほぼ全員が口を揃えて「7日後に、大きな砂嵐が来る」と言った。

「イオリ殿が作った、あの風除《かぜよ》けの石。あれは今から作れるモノだろうか？」

大変申し訳なさそうに、隊長は言った。

砂嵐は自然災害だ。防ぎようがない。だから、皆蓄えて備える。しかし、今は時期が悪かった。

オアシスに住んでいる魔女という、いかにも怪しい存在に縋《すが》るほどに、今のクウォルフ国には余裕がない。今回はたまたま運良く依織が役に立ち、やっと日々の水が確保出来るようになったところなのだ。

ナーシル達が頑張って錬金術の解明をしたり、テイマーを雇っての塩抜き作業はかなり進んでいる。塩を外国に売る手はずなんかも整えられてきているのだ。

だが、それも全て発展途上のもの。

今クウォルフ国は日々の生活をなんとかすることはできても、災害対策にまでは手が回らない状況なのだ。

（それくらい困窮してたのが救われた、というのなら確かにパレードとかも言い出す、よね。絶対イヤだけど）

今になって明かされた国の真実に、依織はこっそりため息を吐く。確かに全くの外部の者に国の弱い部分をさらけ出すなんてなかなか出来ないだろう。下手したら、困窮しているという情報を他国に売られ、攻め込まれる可能性すらある。

だからこそ、王は依織が国外逃亡しない証《あかし》がほしかったのだ、と今ならわかる。イザークをけしかけたのもそのためだ。

イザーク本人が依織に惚《ほ》れた、らしい、のは国王にとっては嬉しい誤算だっただろう。

ともかく、そんな事情で今、この国は砂嵐の直撃には耐えられない。普段ならば耐えられなくても耐えるしかなかった。

だが、彼らは知っているのだ。依織が砂嵐の直撃をなんとかしてしまった一部始終を。

それに縋りたい、と思ってしまうのは人間として自然な感情だろう。

(そこまで正直に言われたら、私だって何かしたいって思わないことはないし)

隊長に相談を持ちかけられてすぐ、依織はイザークに言った。

「風除けの石、持ってくる！」

ぶっちゃけ依織は今住んでいる王宮の離れが国のどの辺りに位置し、自分の住んでいたオアシスがどこなのかさっぱりわかっていない。けれど、自然と「風除けの石を持ってこなければ」と思った。そのくらい、この国に愛着が湧いてきているようだ。

ただ、その言葉を聞いて慌てたのがイザークと隊長だ。

特に隊長は、石の位置を教えてくれれば自分たちが持ってくると言うつもりだったらしい。が、それは多分無理だ。

トリさんがそれを許してくれないだろう。

彼には依織の居住区画を守るようにお願いした。トリさんは結構律儀な性格をしていると依織は思っている。しかしながら、トリさんが依織以外の人間を見分けられるかというと疑問が残るのだ。

下手をしたら盗人《ぬすっと》と思われて、隊長達とトリさんの全面対決になりかねない。

トリさんは意外と強いらしいと聞いているので、どちらもただではすまないだろう。

そんな戦いに割く時間はないのだ。

だから、依織が行くのが一番手っ取り早い。

「えーと。それ、ここでは作れないモノ？」

バタバタと出かける準備をしようとしている依織に、イザークは問いかけてきた。

確かにあれは依織が作ったモノだ。そして、依織はあのオアシスにずっといたのだから、材料だって取り立てて珍しいモノが必要というわけではないはずだ、と推測できるだろう。

大当たりである。

風除けの石に特別な材料は特に必要ない。その辺りの石ころに呪《まじな》いをして、魔力を通す。

だが、その魔力を通す作業がクセモノなのだ。

「作れる。でも、時間かかる。これくらいのを1個で、一月《ひとつき》」

人差し指と親指で輪っかを作って大きさを示す。

仕組みはよくわからないけれど、石には魔力が通りづらいのだ。

試してみたけれど、椰子《やし》の木などにはもっと通りづらかった。余談だが、布にはすんなり通った
ため実は応用の仕方を考えていたりする。

ともかく、風除けの石を完成させるのに、小さなモノでも一月はかかってしまうのだ。

そして、風除けの石の力は大きさに比例する。

国の予言師達が揃って予言するほどの大きさの砂嵐だ。小さな石で大丈夫なのか不安が残る。

ただ、それに対する打開策が一つだけあった。

「石、合体できる、から」

最初から大きな石に魔力を通すよりも、いくつか小さな石を作っておいてつなぎ合わせる方が楽、
と書いてあった。だからこそ、依織は一人でワタワタしながら石を回収しにいこうとしているのだ。

結局のところ、依織一人であのオアシスにたどり着けるはずもなく、イザークが同行を申し出て
くれた。

曰《いわ》く「折角恋人同士になったんだし、他の男に相乗りさせるつもりはないなぁ」だそうで。

王族としての仕事があるだろうに、ついてきてくれるのは大変ありがたい。依織としても、今更
イザーク以外の人と相乗りするのは勇気がいる。

そして、現在に至るわけだが。

「イオリ、しんどくなったらいつでも言って」

「……っ！　……っっ‼」

喋《しゃべ》りたくても揺れに揺れて返事が出来ない。

けれど大丈夫だ、ということを示したくて、依織はしがみついていた手でイザークをポンポンと叩《たた》いた。それで、イザークは安心したように手綱を再び握りしめる。

二人を乗せたラクダが、砂漠を走る。

日が沈んだ砂漠は、かなり肌寒かった。月の光が、塩混じりの白い砂漠を照らしている。そのお陰か、思っていたよりは明るかった。

サボテンやそれに似た岩が高速で近づいては遠ざかっていく。

コトは急を要する。

予言では7日後ということだが、それ以外の日数を予言している者もいないわけではない。それに、予言の精度も確実とまでは言い切れないのだ。急ぐに越したことはない。

と、いうことで、今まで体験したことのない速度でラクダが疾走している。

「……っ……ぐっ‼」

（喋ったら舌噛《か》む。絶対噛む！）

そんなわけで、イザークと依織は恋人同士（仮）になったのだが、ラクダの上では碌《ろく》に会話も出来ていない。かなりの強行軍だ。

ただひたすらイザークにしがみついて、お尻の痛みに耐える。

(これがあと3日は続くのよね。もしかしたら、かなりのハイペースだから少しは短縮できるかも。……短縮して‼)

自分から言い出したこととは言え、この強行軍は結構辛《つら》い。尻も痛ければ、しがみついている腕も筋肉痛になりそうだ。

早く全部無事に終わってくれ、という依織の切なる願い。

それは、唐突に月明かりを遮った影のお陰で叶《かな》えられそうだった。

影の正体に気付いたイザークがラクダを止める。

揺れがおさまったラクダの上で、依織は影に向かって叫んだ。

「トリさん‼　お願い手伝って‼」

砂漠を疾走中の二人の頭上に現れた影。それは、トリさんだった。

空に向かって大声を張り上げた依織に気付いたのか、トリさんはバサバサと目の前に降りてきてくれた。

夜であるにもかかわらず良く見つけてくれた。

トリさんは鳥類ではあるものの、夜目もきくのだろうか。

「トリさん！　砂嵐がきて！　石がね！　欲しいの！」

「えーっとね、7日後に……王都、わかるかな？　あっちの方にある、たくさん人間が住んでるところに、かなり大きな砂嵐がくるって予言があったんだ。で、それを回避するために風除けの石、前トリさんが運んできてくれたやつね。あれを取りにきたんだけど、今どこにあるかわかる？」

軽いパニックになっている依織の通訳をイザークがしてくれる。話し相手はトリさんこと、この一帯を仕切っているらしいガルーダだ。本来であれば恐れられる魔物だが、彼は依織の友達（？）である。

もっとも、依織はトリさんが人語を理解してくれるということは知らなかったのだけれども。

ともかく、この広い砂漠の中ですぐにトリさんに出会えたのは幸運だった。彼なら空から依織が置いた風除けの石を見つけることができる。

「ギュエ――！」

任せろ、とばかりにトリさんが鳴いた。

心なしか翼の形がサムズアップに見える。

「あの、じゃあ一番遠いとこ、トリさんにお願いしていい？　私たち、近いところの取ってくる、から」

「ギュエ！　ギャギャギャギャ」

鳥さんが、足先で器用に砂の上に何かを書く。

が、流石《さすが》に伝えたいことがわからなかった。

「え？　なんだろう？　あ、現在位置を教えてくれてる、とか？」

あーでもないこーでもないとトリさんと話をする。イザークも交ざり、出来うる限りの最善策が練られた。

置いてある風除けの石は４つ。どこから砂嵐がくるかも、どちらの方向に人里があるかもわからなかった依織は、とりあえず石を４つ作ってオアシスの周りに置いていた。あまりにもオアシスに近いと砂嵐の方向転換が間に合わないかもしれないため、オアシスからはそれなりに離れた場所に置いた。

また、依織は回収することをあまり想定していなかったので、置いた場所が何処だったか曖昧な記憶しかない。そもそも、砂漠には目印になるような箇所が少ないということも大きい。しかも、飛ばされないように埋めたり、岩場の隙間に入れたりした記憶がある。何故そんなことをしたのか当時の自分を問いただしたいが、今はそれどころではない。

「じゃあ、トリさんに３ヵ所任せる形で。で、俺たちはここで待機、と」

結局大半の石回収をトリさんに任せることになった。

空から俯瞰《ふかん》できるせいか、それとも風の動きでわかるのか。トリさんは正確に石のありかをわかっているようだ。

この申し出は非常に有り難い。

二人を乗せたラクダは、ここまでずっと全力疾走させてきている。負担をかけないよう二人とも軽装にしてきた。万一魔物が現れた時のためにイザークが剣を持ってはいるが、鎧《よろい》は置いてきた。何故なら、この砂漠の魔物であれば、恐らく依織が負けることはないから。これは神様のお墨付きである。

「結構過酷な環境だからこそ、多分人と関わらないですむよ。ただ、今のままで行くと一日も持たずに死んじゃうと思うから、色々能力オマケしておくね」

と言われているのである。

少し出歩いただけで死ぬような半端な能力は与えられていないはずだ。

事実、イザーク達が来るまで依織は何回か魔物に出会っていて、その全てを退けてきたのだから。

ただ、そう言って説得してもなかなか理解は得られなかった。依織の話術が大変稚拙なせいというのもある。だが、それ以上に目の前のいつでも人に怯《おび》えてプルプルしているような女性が、自分でも手こずる魔物を退治したという事実が信じられなかったのも大きいだろう。

そのため、出発前にその実力を認めて貰《もら》うために隊長を吹っ飛ばしたりなどもしてきた。隊長の名誉のために詳細は伏せるが、まぁ、瞬殺だ。

依織の方はといえば、半べそをかきながら戦いたくない怖いと直前までプルプルしていたのだが。このことは、依織と隊長双方の名誉のために箝口令《かんこうれい》がしかれていたりする。

とまぁ紆余曲折《うよきょくせつ》あって、夜の砂漠の大移動をしているわけだ。実際は魔物にも会わず、道のりを最短にすることができた。だが、その分、二人を乗せたラクダは休みなしだ。かなり疲労が溜《た》まっているだろうことは窺《うかが》える。

ラクダを休ませてやれるのは大変ありがたいことだ。

「トリさんも無茶しないでね？　私たち、日よけする場所作って休憩してるから」

「ギュエ！」

元気よく返事をしてトリさんは飛翔《ひしょう》していった。

月明かりに照らされて飛ぶ姿は、かなり神秘的だ。異世界、という感じが今更ながらにする。

「じゃ、俺たちも行こうか。お前ももう一踏ん張りたのむぞ」

イザークがラクダの背を撫《な》でる。

バシバシまつげのラクダは、多少疲労を滲《にじ》ませながらも嫌がる素振りは見せなかった。

「探知魔法とか、使えたらよかったのに」

「それは貰ってないいんだ？」

「生き残るのに必要な魔法ではない、と判断されたのかも？」

「使えるヤツはいるよ。ただ、そんなに便利でもなかったような気はするね」

恐らくこのあたり、という場所までは来た。が、残念なことに詳細はあまり覚えていない。

空の端が薄明るく、もう少しで全てを焦がす太陽が昇ってくる。

体力のことを考えるのであれば、そろそろ物陰を見つけて休憩時間に入りたい。少なくともラクダには休憩が必要だ。

「あぁ、岩場が見えたね。あそこかな？」

「た、たぶん」

正直適当に置いたのであそこにあるという確信はない。それでも、ラクダを休ませるという意味ではあそこに行く必要があった。

「ありがとう、ございます。あの、休んでて」

「そりゃまぁ、守る必要もないのはわかってるんだけど」

イザークも、依織が隊長を吹っ飛ばした現場を見ている。そのため、一人で何かあったらどうするんだ、とは言いづらいようだ。

「大丈夫」

それをわかっていて、依織はイザークを岩陰に置いていく。

口にはしないが、イザークだってかなり消耗しているはずだ。依織を落とさない程度に、けれどできる限り早く移動しなければならないというのは中々骨が折れただろう。依織はしがみついて乗っているだけだったので体力には多少余裕がある。

「逆に変な魔物がイザークたちのところに行く方が心配。急ごう」

日が完全に昇りきる前に石を発見したい。

岩場を一周すればおそらくは見つかる、はずである。

「多分あっちがオアシスで……どうせ私のことだから近場に……。あ、でも風の方向考えたりくらいはした、かも?」

　捜し物をするときは過去の自分との心理戦、という人がいる。まさに今、依織は過去の自分の心理を探りながら石を捜し回っていた。

（岩の隙間に挟んだ覚えはあるんだよね。落ちてなかったら岩の隙間が怪しいはず）

　記憶を辿《たど》りながら、あちこちの岩場の隙間を見て回る。

　幸いこの一角はあまり大きなものではないようで、そこまで時間をかけずに一周できそうだった。

「……あった!」

　過去の自分との心理戦に無事に勝利し、目当ての風除けの石を発見した。

　やはり記憶通り、割れた岩の隙間に突っ込んでいた。微《かす》かに風が吹いていたので思っていたよりも見つけやすかったのは大きい。

「良かった。あとはトリさんを待って、帰ったらすぐ作業をはじめて……」

　とはいえ、今すぐに出来ることは少ない。

　休みなく走ってきたのでイザークとラクダの疲労がピークだろう。うまいこと岩に穴をあけて、日差しを避けながら休憩をとる。これが一番効率が良いはずだ。

「……ん?」

　トコトコとイザークが待つ場所まで戻ろうと足を動かす。が、耳をすますと何やら不穏な音が聞こえてきた。

「まさか……」

依織は嫌な予感に駆られ、砂に足を取られながらも走り出す。

「イオリ！　来るな！」

「……サンド、ワーム」

呆然《ぼうぜん》と、イザークが対峙《たいじ》している魔物の名前を呟《つぶや》く。

それは依織が最も不得意とする部類の魔物だった。

できれば会いたくない魔物ナンバーワンである。何故なら、虫だから。ボコボコと隆起した表面。突起なのかなんなのかは分からないが、集合体恐怖症の人は思わず目をそらしたくなる感じ、といえば伝わるだろうか。色はクリーム色からドブ色のグラデーションである。気色悪い。

しかも、「この食料の乏しい砂漠でどうしてそんなに育ってしまったんだ!!」と言いたくなるサイズ感。これはサンドワームの中でも大物なのは間違いない。どのくらいかというと、サンドワームの口の大きさが、だいたいイザークの身長の2倍くらい。イザークも依織もまとめてペロリとできるだろう。

つまり、めちゃくちゃでかい虫。あと、グロい。そしてキモい。

それが、今まさに、イザークとラクダを飲み込もうとデカイ口を開けている。

「………っっ～～～!!」

依織は可愛《かわい》らしく悲鳴をあげられるタイプではない。

何かあっても息を飲んでしまい、周囲に危険を知らせられる方ではなかった。

同様に、錬金術を使うときも声をあげない。ナーシルに見せるときだけは「行きます」「やります」と声をかけるけれど、普段は何も言わない。つまりは無詠唱。

なので、どうなるかというと。

「……ぉご？」

自分の身に何が起《お》こったのかわかっていないサンドワームの間抜けな鳴き声が響いた。

先程まさにイザーク達を飲み込もうとしていた口には、巨大な塩の塊が詰め込まれていた。もちろん、依織の仕業である。

「なっ⁉」

一瞬驚きに固まるイザークだが、すぐに気を取り直してラクダを伴って依織の元へやってくる。

だが、依織の混乱及び巨大な虫に対する嫌悪感は止まらなかった。

（キモいキモいキモいキモいむりむりむりむりむり。イザークたちが危ない虫キモいむり‼）

生理的嫌悪感、とでも言えば良いのだろうか。スライムもガルーダも友達になれるくらいに平気だが、同じ魔物でも虫系だけは友達になれる気がしない。

あまりにも無理すぎて、目の前から消さないと安心ができない。そんな境地に達していた。

その気持ちに呼応するように、サンドワームの口の中に放り込まれた塩の塊はどんどん巨大化していく。メリ、メリメリと嫌な音がし始めた。

「イオリ！　イオリ！　ちょっとまって！　多分それを巨大化させて弾《はじ》けさせる方がグロい！」

「へ、あ……あ……」

そこまで言われてやっと依織も事態を察した。

確かにこのまま塩の塊を大きくしていけば、大惨事が引き起こされる。それは今以上にグロい事態になることは火を見るより明らかだ。

「塩？　だよね、あれ。あれはそのまんま咥《くわ》えさせとこう。サンドワームの攻撃はあの馬鹿でかい口での飲み込みと噛みつきくらいだから」

「は、はい。あの、平気、ですか？」

ラクダは生命の危機を感じ少し興奮している様子だったが、怪我《けが》はないようだ。

イザークも一見して無事のように見える。

「うん、怪我とかはしてないよ。突然の襲撃で少し驚いたけど。そっちの首尾は？」

「あ、ありました」

掌《てのひら》を広げて、風除けの石を見せる。

注意深く風の流れを意識すれば、この石を中心に微風《そよかぜ》が吹いていることがわかるだろう。

「良かった。これで目的達成だね」

「休憩、しましょう」

そう言って、依織はおもむろに岩を触り始める。

前回は塩のドームを作ったが、今回はそれをすると日光で塩が焦げてしまう可能性がある。あまり塩の透明度をあげるつもりはないが、それでも下手をすると凸レンズの役割を担って内部を焦がす可能性すらもあるので却下だ。蒸し焼きになるつもりはない。

ではどうするか。

考えた結果が、岩に穴をあけられないか、ということだ。

（岩を砂に分解とか、あとよく見る魔法だと爆破させて吹っ飛ばしてたし、とにかく私たちとラクダが休めればそれでいいから）

とにかく日光がある間、休めればそれでいい。その一心でイメージを固める。

なんとなく行けそうな気がして、魔力を使おうとしたその瞬間。

「ギュエ！」

「っっ⁉」

唐突に現れたトリさん。彼は悪くない。あとから確認したところ、きちんと目当ての風除けの石を全て回収してくれていた。

ただ、タイミングが悪かった。

魔力を込めて魔法を形にしようとした、まさにその瞬間だったのだ。

つまり、どうなったかというと……。

「うん、見事なトンネルだね」

「ご、ごめんなさい……」

洞窟のようなものを作るはずが、どえらい爆音と共に見事に貫通させてしまった。

「なんか自然災害のような音もしたし、まともな神経してる魔物やならず者ならこっちこないんじゃないかな？　遠くから様子見ることはあるかもしれないけど……結果オーライじゃない？」

「う、うう」

こんなつもりではなかったのだ。穴があったら入りたいレベルだが、それはそれで時間が惜しい。まずはラクダとイザークを休ませないとだ。

ふと、トリさんを見るとなんだかキラキラした目でサンドワームを見ていた。

「……？　トリさん？」

「もしかしてガルーダ的にはサンドワームって美味《おい》しいのかな？　口の中に詰め物してるとはいえ脅威は脅威だし、食べてくれるならありがたい」

「ギュエッ♪」

「……え、食べる、の……？」

確かに鳥は虫を食べるものである。

が、ちょっと言っている意味が分からない。

「お食事シーンをイオリが見ると卒倒しそうだから、トンネルから見えない位置でよろしくね。じゃあ俺たち休むから」

「ギュエー♪」

上機嫌そうなトリさんをその場に置いて、二人と一頭はトンネルの中へ入っていく。

中央部分であれば日光は届かなさそうだ。

「高さも十分だし、風向きによってはかなり涼しいし、休憩にはもってこいなんじゃないかな？」

「ミスなんです……」

「結果オーライだよ。とりあえず休もうか」

イザークはラクダと依織の世話を両方ともそつなくこなす。王族なのだから世話をされる側の人間だろうに。

とはいっても、依織にはイザークの世話をすることも、ラクダの世話をすることもできない。なので、できることをする。

「……何してるの？」

「クッション、です。岩に座ると、痛いから」

自作の丈夫な布に、砂を詰めて簡易クッションを作った。前世にあったビーズクッションのイメージである。ただし、ビーズより砂の方が粒が細かいため、ああいった快適触感にはならない。だが、むき出しの岩肌に転がるよりはマシだろう。

「ぶっ……ははははは」

「……？」

唐突に笑い出すイザークに、依織は困惑する。何かおかしなコトをしてしまっただろうか、と不安になるまえに、イザークが話し始めた。

「ほんと視点が違うんだな、と思って。あと、発想も」

「えと……？」

「好きだなぁってことだよ。一緒に居ると新しい発見があって、俺が今まで持ってた常識がちょっと堅苦しかったんだなってわかる。視野が広がるっていえばいいのかな」

「そんな、大層なこと、は……」

できてない、と思う。

けれど、依織は異世界人だ。

確かにこの国に、この世界に生まれ育ったイザークから見れば、常識外れに映ることもあるかもしれない。変でも仕方が無い。そう思い直すと、少し気が楽になった。

けれど、何よりもそう思えるのは、常識外れでコミュ障な依織をそのまんま受け入れられる度量がイザークにあるからだ。

「ありがとう、ございます。受け入れて、くれて……」

「こちらこそ」

夜通し駆けてきたのだから、依織だって少しは眠い。

けれど、なんだかドキドキしてうまく寝付けそうになかった。

オレンジ色の光が、白っぽい砂漠を照らす頃、依織達は行動を開始した。

疾走するラクダの上空には、トリさんがついてきてくれている。ちなみにトリさんはシロの分裂体をがっしりと摑《つか》んでいた。

今回起きると言われている強大な砂嵐は、今のところ進行方向が予測不能。

十分に精査できていないが、王都を救うと最悪の場合あの死のオアシスが砂嵐に飲み込まれる可能性があった。

今までは風除けの石のお陰で砂嵐の被害にあったことはない。けれど、今回はその石を全て持ってきてしまっている。運が悪ければあんな小さな家はすぐに吹き飛ばされてしまうだろう。

その点に関しては依織はもう覚悟している。

だが、あの家の管理を頼んでいたシロの分裂体は別だ。彼らは彼らで生き抜く力はあるとは思うが、やはり心配なのである。そういった経緯で、トリさんに連れてきて貰ったのだ。

彼らはラクダの移動速度についてこれないため、一つに合体しトリさんに運んで貰っている。

砂漠の日は長い。いつまでもオレンジの光が大地を照らしているような錯覚すら覚える。けれど、何事にも終わりはあるもので、辺りは段々と濃い闇に包まれていった。こんな時でなければ、徐々に変わる空の色を楽しめたかもしれない。

トリさんは鳥目にならないのか、とぼんやり心配しながら、揺れるラクダの上でしっかりとイザークにしがみつく。

今回は行きよりも余裕があった。

制限時間がある中で、広大な砂漠の中から石ころを４つ探す作業。トリさんに出会えれば時間は短縮出来るだろうとは考えていたけれど、万が一ということもあり得る。今、自分の行動には王都の民、ひいてはクウォルフ国民の命がかかっているのだ、と思うと緊張で吐きそうになるのも仕方が無いだろう。

それを思えば、石を全て見つけて想定よりも早く帰還できそうな現状、気持ちはかなり楽だ。

しかも、目的地は王都。夜でもある程度明るく、迷う心配はほぼない。

「見えた！」

イザークが、いち早く知らせてくれる。

まだ見えただけ。けれど、ゴールが見えていれば自《おの》ずと気持ちも上向きになる。

これからが勝負ではあっても、とりあえず第一段階は突破、と思えるはずだ。

灯が見えてラクダもそう思ったのか、スピードを落とさず疾走してくれる。

ガルーダが上空に飛んでいるのが見えるなら、下手な魔物やならず者は手出しをしてこないはず。ついでにいえば、王都の物見がこの姿を隊長さんたちに報告してくれたらもっとコトはスムーズに行くだろう。普通に王都にガルーダが来たとなれば大騒ぎだろうが、きっと隊長さんたちならガルーダ＝トリさんだとわかってくれるはず。

そうやって駆け抜けて、明け方頃に見知った顔が迎えに来てくれた。

「おかえりなさい！　早かったですね！」

「物見がガルーダを見たと報告してきたのでもしやと思ったが。ともかく、そのまま王都に入っては大騒ぎになる。郊外に急ぎで場所を作らせた。まずはそこで休んでくれ」

隊長に言われ、郊外に用意させたという場所にナーシルが案内してくれた。他にも、依織が住み着いていた離れを警護していてくれた人の顔も見えた。

ここまで頑張ってくれたラクダには確かに休憩が必要だ。なかなか無茶をさせたと思う。ゆっくり休んでたくさん好物を食べさせてやってほしい。そこまで伝えられたらコミュ障返上できるだろうに、それは言葉にはならなかった。

用意してくれたという場所は、それなりの大きさのあるテントだった。郊外なため、地盤がほぼ砂である。本当ならフカフカのベッドに倒れ込みたいところだが、そういったモノを用意できるような場所ではなかった。

それに、依織にはまだやるべきコトがある。

「いえ、あの……石、やる。材料は？」

「魔力的に問題はありませんか？　疲れている時にやると、最悪失敗してしまうのでは？」

出発する前に、石を合体させるために必要な材料を用意してくれるようナーシルにお願いしていた。彼がここにいるということは、きっと材料は揃えられたのだろう。

「まだ、平気。……多分」

大丈夫、だとは思う。

今まで魔力を使い果たしたのは塩ドームを作ったときくらいだ。おそらく依織の魔力は多めに設定されているはずだ。多少眠い気はするけれど、疾走したラクダやそれを御していたイザークに比べれば依織が疲れていると申し出るのは憚《はばか》られた。

何より、一刻も早くなんとかしたいという焦りにも似た思いがある。

早速取りかかろう、と石を取り出したところで、その石をひょいと取り上げられた。

「あっ……」

「はい、無理はダメー。徹夜禁止です。今日は栄養とってきちんと休んで下さい」

「で、でも……」

取り上げたのはイザークだった。

彼と依織はそれなりに身長差があるため、彼に取り上げられてしまっては依織には取り返す術がない。無論魔法で吹っ飛ばせばいけるだろうが、仮にもお試しの恋人に対してする仕打ちではないだろう。

「まず1個目。体調が万全じゃないのは誰の目にも明らかだね？　都をなんとかしようと思ってくれる気持ちは嬉しいけど、万が一があったら取り返しがつきません。ちなみにだけど、予言及び砂嵐予測に進展はあった？」

「はい。詳細は後ほど書面でお渡ししますが、結論から言えば直撃想定日は予言通りでほぼ確定です。つまり、今すぐ石をどうこうしなければいけないわけではありません」

イザークからの目配せを受けた隊長が最新情報を教えてくれる。

確かに、その通りであれば今急いで作る必要は無いのかもしれない。

「あと魔法的観点から言わせていただきますと、肉体的疲労はダイレクトに魔法に影響します。例えば、ちょっとしたきっかけで暴発などが起こりやすくなっちゃうんですよね」

「心当たりあるねぇ、イオリ」

「ううう」

突然のサンドワーム襲撃に驚いて、瞬時に巨大な塩の塊を作り出したり。

トリさんの接近に気付かず、鳴き声に驚いて洞窟を作ろうとしていたのにトンネルを作ったり。

身に覚えがありすぎた。

「あ、もしかして既に予兆ありました？　ならもう絶対に休んで下さい。とくに魔力を通すなんていう繊細な作業なんでしょう？　集中力は不可欠です。きちんとした睡眠に食事をとらないと。場合によっては明日以降の方がいいかもしれません。あ、あと落ち着いてからでいいので暴発事例教えて下さい興味深い」

「それはあとだ」

「あとでいいですって言ったじゃないですかぁ」

相変わらずなナーシルだが、言っていることの前半はとてもまともだ。

確かに繊細な魔力操作を必要とされることは想像に難くない。体調が万全でないのなら避けるべきかもしれなかった。

「本当は王宮に連れて帰って侍女達にマッサージでもさせた方がいい気もするんだけど……」

不穏なイザークの言葉を聞いて反射的に全力で首を振る。

誰かに世話をされるなんて恐れ多い。そっちの方が気疲れして色々磨《す》り減《へ》ってしまう。

「うん、予想通りの反応ありがとう」

イザークはともかく、ナーシルも隊長さんたちも依織が嫌がることはわかっていたらしい。全員が苦笑している。

「じゃあ今日は大人しく休むこと。食事は多分持ってきて貰えるんだよね？」

「はい、今手配させてます」

「んじゃ休もう。明日、もう今日か？　今日の、夕方の涼しくなってきた頃にやるのでも十分だよ。勿論《もちろん》イオリの体調が良くなければそれ以降に延期してもいい。ともかく、イオリは焦らず体調管理に専念すること」

じゃないとつきっきりで俺が寝かしつけるよ？　と自分にだけ聞こえる声量で囁《ささや》かれ、依織はあえなく撃沈。十分に英気を養ってから本番を迎えた方が良い、とのことで丸一日以上じっくりと休むように言われてしまった。

正直、プレッシャーを感じることはさっさとやってしまいたいタチなのでこれは非常に困った。だが、現物を没収されていてはどうしようもない。依織に出来ることはきちんと休むこと、そして、魔力を消費しすぎない程度にこっそり色々なことを試すことだけだった。

ちなみに、魔力を消費して色々実験していたことはナーシルに速攻でバレた。流石、魔法オタクである。

色々話し合った結果「やることは逐一報告すること」という条件付きで許可をもらった。これは完全にナーシルが依織の魔法を見たいという私欲もある。ただし、次に勝手をすると王宮の一室で侍女フルコース（お着替えからお風呂からエステまでのフルコース）行きと脅されたため、あまり無茶はできなかった。

ちなみに魔力消費の主な使い道は、地盤を固められないかという実験だった。依織のちょっとした「砂から岩って作れないのかなぁ」という思いつきを魔力で形にしたのだ。結果、今依織がいる場所は砂ではなく固い岩の上だ。依織としては軽い実験のつもりだったのだが、ナーシルには、

「自然法則を無視した魔法を使うときは段階を踏んで下さい！　解析がめんどくさい！」

と、別方面なお叱りをうけた。

そうして結構自由に過ごして迎えたのが、砂嵐が直撃すると予言された日の2日前。

その間に様々なことが精査され、準備されてきた。今、クウォルフ国の王都ルフルは依織の石作成の結果を基盤に動いている。

（緊張で死ぬ。え？　これ失敗したら私389回は死んでお詫《わ》びしないと。いや、それでお詫びしきれなくない？）

全てが自分の肩に掛かっていると気付いてしまったが最後、手足は震え冷や汗が止まらない。マナーモードで震えるスマホもビックリのような状況だ。

「イオリさーん、大丈夫です？」

「ひゃあい！　が、がんばりま、ます」

依織の隣にはイザークではなく、ナーシルがいた。

そりゃそうだ。王族たる彼はこんなとこにいてはいけない。バリバリと様々な仕事をしなくてはだめじゃないか。

そう理性は囁くものの、どこかで甘ったれた自分が「ちょっとは傍に居てくれてもいいじゃないかばーか」と言っている。随分依存したものだと、一人でちょっと笑ってしまった。

彼も戦っているのに、依織が一人で逃げるわけにはいかない。たぶんきっと、そうなはず。

「いや、全然大丈夫じゃないですね。ちゃんと息吸ってー吐いてー。呼吸を整えるのは魔術の基本のキ、ですよ」

「そう、なんだ」

「イオリさんの魔術の使い方ずーっと見させて貰ってますけど、ほんと規格外っていうか無茶苦茶なんですよね。でも、だからこそ、今みたいなときに基本から重ねていくのは悪くないと思いますよ」

「……無茶苦茶なんだ」

依織も実はそうじゃないかと感じていた。

なんとなく魔力の流れがわかって、なんとなくイメージをしたら出来てしまう、だなんてチートもいいとところじゃないか。多分これはこちらの世界に依織を無理矢理適合させるために、神様が適当ぶっこいたに違いない。

ただ、そうだとしても今はそれが有り難かったりする。

だって使い方が面倒とか、辛い修行が必要とかだったら、依織は絶対に生きることそのものを諦めていた。緩く、なんとなく続けられたからこそ、今がある。

自分には何もないと思っていたけど、イザークや他の人達と話していてそれが少しだけわかった。

今は、その恩返しをしたい、と思っている。だからこそ、どんなにプレッシャーが酷《ひど》くて、胃液どころか胃そのものが出てしまいそうなくらい緊張していても、逃げたくない。

「はい、無茶苦茶です。だから、今回もじっくり観察させてもらいますね」

「見られていると……緊張、するんですけど」

「見られてないと思って下さい」

そんな無茶な、という依織の心の声はため息と一緒に溶けた。多分、言っても無駄である。

ナーシルは新しいオモチャを見つけた子供の様な瞳でこちらを見ていた。

それが、なんともいつも通りで逆に安心してしまう。ナーシルとしては砂嵐回避も大事ではあるんだろうが、目の前の無茶苦茶理論を地で行く依織が興味深くて仕方が無いのだろう。出会ったときからブレないその姿勢は、もはや尊敬に値するかもしれない。マネしたいとは一つも思わないけれど。

（美味しいお料理も食べた。寝床は思った以上に快適だった。ついでに英気を養うなら、私の癒しセットである手芸道具が必要とか言って用意して貰った。お陰さまで、思う存分縫い物もした！）

その他にもイザークの寝かしつけ回避のためのすったもんだや、依織をリラックスさせ隊の侍女との攻防もあった。どちらも丁重にお断りをした。

そんな、騒がしい日常に思いを馳《は》せる。

（うん、イザークの笑顔も侍女さんの笑顔も怖かった。あの有無を言わせない感じ。本当に怖かった。アレに比べれば、風除けの石の合体作業くらい全然なんでもない）

実際に、魔力操作といっても依織は特に魔力が抜け出ていくような感覚は今まで感じたことがない。だからきっと、今回もうまくイメージを繋げれば平気なはずだ。

笑顔のイザークや侍女から逃げおおせるのよりもなんと楽なことか！

（風が、きちんと通るようなイメージ）

手元には４つの石と、石を作るときに使った材料たち。

これは砂漠ではありふれたものだ。特別な素材などほとんどない。それならいくらでも使っていいとダース単位で外にも積まれている。正直そんなに要らない。

依織は目を閉じて、ゆっくりと意識を集中させた。

魔力の世界、とでも言えば良いのだろうか。

集中したその先の世界に入れば、あとはもう一瞬だった。

対話が苦手な依織が言うのも変な話だが、素材と魔力を説得して、力を合わせて貰うようなそんなイメージだ。ただ、言葉にしなくても良い分楽なのかもしれない。

少し抵抗を感じたり、逆に思ったよりもスムーズにいったり、そんなことを繰り返す。

そして、次に目を開けたときには、4つの石が1つの大きな石になっていた。依織が持とうとするのはちょっと躊躇《ためら》う大きさになっている。両手で踏ん張って、持ち上げられるか不安なサイズだ。

「成功、かな？」

「大成功ですよ！　すごい、ただ置いてあるだけなのに風を感じる……涼しい。これ研究室に置けませんかね？」

「それは……下手すると研究室目がけて砂嵐来ちゃうんじゃ？」

「あ、それは困りますね。それに書類なんかもじわじわ動いちゃいそうです。うーん残念。でも、いつかどういう理屈なのかを解明して都を快適にしたいですねぇ」

もしかしたら、本来であればこのシーンは感動の一幕になっていたのかもしれない。

死のオアシスからやってきた魔女が、都を救うために懸命に砂嵐に抗《あらが》うためのお守りを作ってくれたワンシーンだ。全くの外部の人間がこの場にいたのであれば、そう見えたかもしれない。

が、ここに居るのは人見知りの依織に配慮された人材だ。つまり、少なくとも依織が顔を見て「あのときの……」とわかる人間。そして中心にいるのは依織とナーシル。感動からは程遠い。神秘さよりも実用性の話にシフトしている。

それでも、都を救うための石は完成した。

「ところで、こんなにでっかくなっちゃったんですけど……運べます？」

「……それは肉体派の皆様に任せましょう」

不安そうな依織の声に、ナーシルは視線を逸《そ》らしながら返事をしたのだった。

第七章　コミュ障的最大級の危機襲来

あれから。

予言通り襲来した砂嵐は、依織《いおり》が作った特大の風除《かぜよ》け石、いや、風除け岩のおかげで都には直撃しなかった。岩自体が結構なサイズになってしまったが、そこは国の屈強な兵士達《たち》がなんとかしてくれた、らしい。詳細までは伝えられていないが、その節は大変申し訳ないことをした、とちょっと思う。

そんな彼らの尽力もあって、砂嵐は軌道を変えた。

その際に、依織が元々住んでいたオアシスは砂嵐に巻き込まれたらしい。

らしい、というのはまだ見に行けていないからだ。直撃は免れたとはいえ、強大な砂嵐は余波でも色んなものを吹き飛ばした。その最たるモノが、塩混じりの砂。どえらい量が飛んできたため王都の水全般が一時、飲むには不適なくらいになってしまった。それだけで砂嵐の規模がどれほど大きかったかが窺《うかが》える。

本来であれば依織が手を貸さない方が国の自立という点では良かったのかもしれない。だが、もうここまで関わってしまったことだし、呉越同舟ヤケクソ泥船って感じで浄化して回った。シロが分裂して手伝ってくれたことも相まって、王都の水源の復興は割と早かったように思う。

そんな感じで忙しかったため、まだあのオアシスには行けていない。あそこまで行くにはラクダを乗りこなさなければならないという問題もあったので仕方が無いことだ。

もともとあのオアシスは手入れをしなければ保てなかった小さなものだったので、依織ももしものときの覚悟は決めていたし、納得している。

納得できないのは、現状の方だ。

「パレード、イヤって言いました」

「うーん。俺もやめようって言ったんだけどねぇ」

「正確にはパレードじゃないし、ね？」

「イヤって言いました」

「イヤって言いました」

依織は壊れたレコードプレーヤーの様に、同じ言葉を繰り返している。それ以外に言うべき言葉が見当たらない。

今、依織はこの国の衣装に身を包んで王宮の一角にいた。ほんの少しだけ憧れた、この国の女性用の正装は、予想通りかなり華やかだった。露出の少ない某魔法のランプのヒロイン、とでも言えば良いだろうか。思っていたよりも着心地が良く、この暑さでも熱気がこもらない様にあちこちに工夫が凝らされているのがわかる。

（この服に合いそうな布はどんなのかな。あ、そうそう。糸には魔力が通るんだからそれで布を織

ろうと思ってたんだった。あぁ、早く織機を触りたいな）

「イオリー。現実逃避しててもいいけど5分くらい耐えてね」

「ねぇ……私、イヤって言った」

部屋の外は、見なくてもわかるほどにたくさんの人々がいる気配がする。

ここは王宮の一角、王宮と王都の広場を繋《つな》ぐバルコニーの控え室だ。

今から依織は、あの砂嵐を退けた英雄として顔見せをしなければならないらしい。

どうしてこうなった。

「うん、パレードで練り歩くとかはイヤだろうなーと思って。体力も使うしね」

「イヤって言った……」

「いやぁうん。力及ばずごめんね。でも王族って民衆パワーには勝てないんだよ。クーデター起きちゃうから」

「うぅ……」

延々と駄々をこね続けている依織だが、本当はきちんと理解している。

王家はここで、砂嵐の災害に一区切りをつけたいのだ。魔女のお陰で立て直しのお膳立てはして貰《もら》った。あとは砂漠の民の総力を挙げて、より国を豊かにしていくのだ、と檄《げき》を飛ばしたいのだろう。実際これ以上依織にズルズルと頼られても困るので、それはいい。

それでも、顔出しすることになるとは思ってもみなかったけど。

「大勢がこっちを見る……。こわい、しんでしまう」

「これでサンドワーム一撃で黙らせる実力者なんだから世の中ってわからないよねぇ」

「サンドワームはグロい。にんげんはこわい……こわい……」

「大丈夫大丈夫。ほんの数分だし、手でもフリフリしてくれればあとは俺がエスコートするから。ちょっとだけ付き合って。終わったら伯父さんから褒美ぶんどろう、ね？」

「わたし、ただの、ふつうの、にんげんなのに……」

「それは絶対に通用しないから。そこは諦めて」

諦めてこの顔見せが中止されるのであればいくらでも諦める。が、しかし。無情にもバルコニー入場の合図がこちらに出された。

「さ、頑張ろうね。フェイスベールがあるから笑顔頑張らなくても大丈夫。ゆっくり顔を回しながら、出来るだけ手は振ってあげてね」

「ねぇ……イヤって言った……」

往生際悪く言いつのれるのは、民衆とかなり距離があるからだ。

ここでどんな会話をしようと民には聞こえない。これだけでもイザーク達は依織に十分配慮してくれたのはわかる。

依織が顔見せする時間も、ほんの5分程度と短い。

砂嵐回避の祝いの宴《うたげ》開幕の式典、その余興のようなものなのだ。

それでも、大勢の視線がこちらに向くというだけで身が竦《すく》む。竦むモンは竦むし、怖いモンは怖い。

「はいはい。行こうね。ちゃんとエスコートするし、倒れそうになっても支えるからさ」

イザークは大分依織のあしらい方を覚えたらしい。

依織の人見知りは治らないし、気を抜けばとんでもないことをしでかすし、プルプル震えるか弱そうな見かけに反して意外と殺意が高い。そういうのを全部ひっくるめて依織だ、と認識しているようだ。そして、それを支える役目は意外と楽しい、ということも。

何せ近くにいればそれだけぶっ飛んだことをやらかすのを、間近で見られるのだから。

一歩進むごとに、熱気が増していく。

暑さの厳しい真っ昼間を避けて、日が昇りきる前の涼しい時間に式典は行われている。それでも、人々が集まれば暑さが増すのは当然だ。

ジリジリと期待の籠もった目線がこちらを焼き尽くそうとしている錯覚を覚えてしまう。

バルコニーを進む。

進むごとに、広場に集まる人々が見えてきた。

同時に、大歓声が沸き起こる。何を言っているか考えたくもない。

正直、人が叫ぶ声というのは依織にとって恐怖でしかないのだ。

（身を翻して帰りたーい）

「帰っちゃだめだよ」

「……うぅ」

「ほら、前向いてね。民一人一人見るのが怖いなら、ちょっと視線外してぼやかすといいよ。手を振るの忘れないで」

イザークの指示通りに体を動かす。いっそ彼の指示だけを聞いていればいいのではないだろうか。出来るだけ人々を視界に入れず、イザークの体の向きに合わせて顔の向きを変え、手を振る。無の境地でそれらの作業をこなして数分ほど経《た》っただろうか。唐突に足に限界がきた。

「へあ⁉」

そのことに一番驚いたのは依織自身だ。

まさか緊張がピークに達して先に体が限界を迎えると思わなかった。視界から人々が外れ、青空が目に入る。

(あー倒れるー。おそら、きれい……)

無駄に景色がスローモーションに見えた。が、どうすることもできない。まぁ仕方が無い、頭を打たなければいいな、と覚悟を決めた。

が、その衝撃はいつまでもやってこなかった。

「まさかそうくるか。ほんとイオリは飽きないね。とりあえずたくさん魔力を使いすぎたせいと、もともと病弱って設定でも付け加えておこうか。そうすれば救国の魔女様に無理矢理顔見せを迫るバカも減るだろうしね」

いつもよりちょっぴり黒い笑みを浮かべているイザークが目の前にいた。

どうやら抱き留めてくれたようだ。痛い思いをせずに済んだのはありがたい。ついでとばかりにそのまま意識を手放す。

やはり依織にとってたくさんの人の視線というのはめちゃくちゃストレスになるようだ。

目を覚ました後、依織は大衆の面前でイザークにお姫様だっこをされた挙げ句、交際宣言をされたという事実を知ることになる。

最終章　コミュ障は異世界でもやっぱり生きづらい、けど……

「まぁ、確かに。ここの方が色々楽なんだとは思うんだけどね？」

王都の端。

風除《かぜよ》けの石を合体させた場所には、現在そこそこ立派な屋敷《やしき》が作られていた。地面はあのとき固めた砂岩、屋敷も砂岩を固めた石材で構成されている。

地元では「魔女の一夜城」と呼ばれているとかなんとか。

それもそのはずで、この屋敷は一夜というか、数時間の内に作られた。勿論《もちろん》、やったのは依織《いおり》だ。

その依織の屋敷の中で、イザークが残念そうに呟《つぶや》く。

「……ここ、人少ないし、トリさんも遊びにくるから」

イザークの言葉に良心をチクチクと刺激されつつも、依織はここに住むという選択をとった。

王都の外れも外れ、水源が塩に侵食されて誰も住めなかった場所。砂嵐回避だとかオアシスの塩の除去だとかの褒美として、依織が正式に王から貰《もら》った場所だ。

依織が以前住んでいたオアシスはやはり塩と砂に飲み込まれ、小屋も倒壊していたらしい。残念ではあるが、王都に住む国民を守るための犠牲だったと思えば納得はできる。

「まぁ王宮に毎回トリさん現れてたら大騒ぎだよねぇ。わかるよ。わかるんだけど……」

一応、イザークとのお付き合い（仮）は続いている。

というか、続けざるを得ない。

砂嵐回避のお祝いの場で、依織は人の視線の多さに耐えきれずぶっ倒れた。それだけならまだ依織の醜態、というだけですむ。問題はそのあと。イザークは依織をお姫様だっこして退場した。

その様はまるでおとぎ話の中の王子様のよう。

王族だからまぁ、大外れではない。が、問題はそこではなく。結婚適齢期の王族が救国の魔女（という過大な評価を受けている依織）を抱き上げて去るシーン。それを王都のほとんどの民が目撃したのである。

そりゃあもう、噂《うわさ》があっちこっちで飛び交った。

とある絵師はその様を絵画にし、とある作家は依織が為《な》してきた一連の行動を物凄《ものすご》い脚色とともに本にした。そんな人々が合作して、子供向けの絵本を制作中という話もあるらしい。

頼むからやめてくれ、と全員に懇願して回りたい。だが、コミュ障がそんなことを出来るわけもない。依織は泣く泣く過度に脚色された噂が広がっていく様を見ていた。

要するに、今依織とイザークのお付き合いは国民全員が周知の事実になっているのだ。

どうしてこうなった。

「もうここまできたらお別れするのって難しいよね。あ、でもイヤならちゃんと言ってね」

と、有無を言わさない例の笑顔で言われたのは記憶に新しい。

そして、そこで即座にイヤと言えないくらいにはイザークのことを受け入れていることに気付いてしまった。イザーク曰《いわ》く、却下するときは速攻な依織が返答に詰まったというのは、まぁそういうことなのだろう。

イザーク本人がそのことを一番理解していて、良《い》い笑顔を浮かべているのが大変癪《しゃく》だけれど。

ただし、なんだかんだなぁなぁで受け入れてしまうことの多い依織だが、住まいのことだけは譲れなかった。

最初は「警護も楽だし王宮で」と言われた。

が、依織はそれを速攻で拒否。

もう侍女がずっと傍《そば》で待機している生活は無理だった。

で、色んな案が出た。依織をなんとしても他国に渡したくない王家。磨けば光る素材として磨きまくりたい王家に仕える侍女たち。できる限り傍にいたいイザーク。そして、何がなんでも一人の時間を持ちたい依織。様々な思惑が絡まりあった。

実際問題として、依織に警護はいらないということは誰しもわかっている。隊長を吹っ飛ばした一件にプラスして、大型のサンドワームも黙らせた実力の持ち主だ。ついでに言えば、先程言った通りトリさんことガルーダが懐いていてよく遊びに来る。これ以上ない護衛だろう。

トリさんが頻繁にくることを考えると、皆ぐぬぬとなりつつも王宮には住めないという結論になった。ではどこにするか。依織本人としては、もっと人里離れていても良かったのだが、イザークが大反対した。そのため、王都の外れというこの場所が、折衷案として一番良いというコトになったのだ。

「ここ、王宮から遠いんだよねぇ」

「ごめんなさい」

イザークの住む王宮までラクダにのって小一時間ほど。

といっても王宮までの道のりが人混みなので、ラクダの速度を生かせないせいもある。単純な直線距離であれば数十分で着くのではないだろうか。

それでも、王宮の正式な手続きを踏んでの面会を考えれば、手間が少ないのではないかと依織は踏んでいる。

「んーまぁ、いいんだけどね。ここ不便はない？」

「大丈夫です」

今は基本的に一人暮らし。

魔女は人嫌い、というイメージも相まってか、わざわざこの屋敷に近づく人は少なかった。

これは王様が「窮地から救ってくれた魔女に、感謝の気持ちがあるのであれば放っておいてやれ」と言ってくれたお陰だ。そうでなければ、人々がその気になれば来られる場所に居を構えるつもりはなかった。

今は日に一度食料を届けてくれる係と、数日に一度布を引き取りに来てくれる人が訪れるだけだ。あと、トリさん。

そう、依織は今、布を織ったり小物を作ることで生計を立てている。無論、王宮からの要請を受けて塩抜き作業も協力はしているし、そもそも今回のことをお金に換算すればかなりの額になる褒美を貰えることは予測できた。けれど、依織はそれを全て辞退したのだ。

そんな金をよこすくらいなら静かな環境をくれ、と遠回しに書いたお手紙を王様に届けた。前世に比べれば、自己主張できるようになった上に生計も立てられている、とちょっと感慨深い。

（前世ではダメだったけど、今は色んな人が協力してくれるからのたれ死ぬ確率はすごく低い。あのオアシスに居た頃よりも生活は豊かになった。けど、趣味に没頭出来る時間は確保出来てる。これって凄《すご》いことだよね。割と幸せって言っていいと思う）

人に関わるのは未《いま》だに苦手だし、話そうとすると詰まったり言いよどんだり、というのは治っていない。それでも、前世に比べれば随分息がしやすくなった。

それは、神様がくれた能力のお陰でもあるし。

そのまんまの依織を認めてくれたイザークのお陰でもある。

イザークにポツリとそんなことを言ったら「今までの依織が頑張ったからだよ」なんて言ってくれたけれど。

以前であれば絶対に「そんなことはない」と受け取れなかった言葉。今は、その言葉の半分くらいは素直に受け止められるようになった。依織の中では大きな進歩だ。

たぶんこのコミュ障は、多少緩和することはあっても治らないし、卑屈な部分もまだまだなくなりはしないだろう。それでも、今依織は前世に比べてずっと幸せだ。

そんなことを毎日考えていて、自然と笑みがこぼれる。

が、そんなことを暢気《のんき》に考えていられるのも、イザークの爆弾発言が飛び出すまでだった。

「あーでもほんとここ遠いなぁ。まぁこれも惚《ほ》れた弱みだから通うけどさー……。いっそ引っ越してきてもいい？」

「……えっ⁉」

突然の問いかけに即答出来ずに固まる。様々なメリットデメリットが頭に浮かんでは消えていった。

この屋敷はちょっと調子にのって広く作ってしまった。織機を数台置きたかったし、紙作りの部屋だって作りたい、そんなことを考えていたせいなのだと思う。ただ、作ったはいいがまだ活用はし切れていない。つまり、空き部屋があるにはある。

けれど、イザークと、このキラキラした顔面の男と一緒に暮らすのはどうだろう。確かに嫌いではない。一緒に過ごす時間も好きだ、と思う。けれどプライベートな時間が減るのは……。

そんなことを悶々《もんもん》と考えて黙ること数秒。

ハッとしてイザークの顔を見ると、悪い笑みが浮かんでいた。即答できなかった自分が正直ちょっと悔しい。

依織の苦難はどうやらまだ続くようだ。

それでもまぁ、コミュ障のままで生きづらくはあっても、そこそこ、結構、だいぶ、幸せなんだと思う。

番外編1　保護者その1から見た世界

我《われ》はこの砂漠一帯を縄張りとするガルーダである。

名はトリサン。

そこのニンゲンがそう呼ぶため、それを許してやった次第だ。このニンゲン、今まで名を知らなかったがイオリというらしい。

見た目こそ弱々しく、我が風を起こせばコロリと転がりそうで、しかも食べるところも少なそうな輩《やから》だが、全くもって見た目通りではない。見た目からは窺《うかが》えぬ魔力を内包している。そして、おそらくだがコヤツはあろうことかそれに気付いていない。全くもって度し難いニンゲンなのだ。だがしかし、我はこのニンゲンに恩がある故、対価として面倒をみてやっているのである。

コヤツとの出会いは実は我が一人前になって間もない頃だ。

我《わ》が一族は一人前になった者を一度手ひどく痛めつけ、巣から追い出すという儀式がある。このことについては我もその試練が身に降りかかるまで知らなんだ。当時は何故《なぜ》我がこんな目に遭うのかと嘆くばかりであった。今ならばわかる。群れの中にいるだけでは世界を知れぬ。甘えが生まれる。それを防ぐためにも一人前と認めたものを外へと追いやるのだ。いつか力をつけた暁には群れへと戻ろうと我も考えておる。あのときの傷のお返しもしてやりたいしな。

おっと話がそれた。

そう、イオリとの出会いはまさにその試練を受けた直後のことだ。群れの中でも年嵩《としかさ》の者が、我を年甲斐《としがい》もなく手ひどく痛めつけて捨てたのがこの白い砂漠だった。この砂漠の砂は我が知っている砂とは違い、酷《ひど》く傷に染みる。あとからわかったことだが、ほとんどが塩でできているからしい。飛び立とうにも翼も酷く損傷しており、体力も消耗している状態だった。

どうしたものかと砂の上に転がって思案していたところ、イオリが現れたというわけだ。

最初は我が死んでいると誤解したのか、それとも別の何かだと思ったのか。おそるおそる近づいてきていた。そして、我が生きているとわかると途端に大慌てしはじめたのだ。

そして何をするかと思えば、人間用の治癒魔法をかけてきたのである。これは傑作だった。魔物と人間は魔力の構成が異なる。故に、人間用の治癒魔法など効くはずがないのだ。

本来であれば、だが。

傷が上手《うま》くふさがらないのを見て半泣きになったイオリは、あろうことか更に魔力を込め始めた。癒《いや》すのが目的であるはずなのに、暴力的なほどの魔力が流れ込んでくるという矛盾した状況。

正直に言えば、この誇り高いガルーダの我もちょっと泣くかと思うレベルだった。

だが、その甲斐《かい》あり、傷は完治した。

代償として、我の魔力にイオリの匂いがしみついてしまったが。

まぁそれはあと十年もすれば薄れるだろう。その間に、この間抜けニンゲンに手を貸してもいいだろう。我をボコボコにした輩にお返しをするのはそれからでも遅くない、と決めたのだ。

群れの者たちがいうには、ニンゲンはめんどくさいらしい。

味は悪くないが食べるところは少ない。その上一度食うとその群れの連中が怒るらしく、執拗《しつよう》に狙われる、と聞いていた。個々の力は我々ガルーダに及ぶべくもない程に貧弱で、少しいたぶるとすぐに死んでしまう。その癖たまに強い個体がいたり、集団で狩りをすると妙にうまかったりする、と。

翻ってイオリはどうかというと、だ。

「いだっ！！！」

まず、どんくさい。ニンゲンは飛ぶことができず地べたを歩く種族だが、その歩くという行為すらままならないことがある。しかもその歩くことを失敗した挙句にかすり傷を負うことも少なくないのだからどうしたものか。

いっそ我が運んでやっても良いが、イオリはあまり遠出をしない。するとしても夜にしているらしく、夜の闇は我には不都合だった。できぬわけではない。が、せんでもよいだろう。

一応、ボディガードとしてあの白いスライムのじいさんもいるので滅多なことでは死なないはずだ。

では、我はコヤツに恩を返すためにどうするべきか、と考えたときに助言をくれたのがスライムのじいさんだった。

らどうだ」と。

曰《いわ》く「人は色々な栄養をとらなければ死んでしまうから、砂漠で動くものでも獲ってきてやったらどうだ」と。

魔力を介してそのように教えられ、またも衝撃をうけたものだ。弱いくせに様々な栄養をとらなければ生きられない。なんとも不便な種族だ、と哀れに思ったものである。

だが、恩を返す前に死なれてはたまらない。それを知った頃には傷も完治し、周囲の空も制圧しつつあった。我の縄張りにいる命を少しばかりイオリに分け与えてやることにしたのだ。

最初は砂漠蛇や砂漠サソリの死骸にすら悲鳴をあげていたイオリだったが、3回目あたりでお礼を言い始めた。まぁ悪い気分ではない。

時折獲物を分け与えてやり、周囲にウロチョロしている邪魔そうなニンゲンを排除する生活。このままイオリが老いるまで穏やかに過ごすのも悪くない。そう思っていた矢先にトラブルは起きた。

我がいない隙にニンゲンの集団がイオリのもとへやってきたのである。そのニンゲンどもは今まで周りをウロチョロしていた小汚いやつらとは違い、戦《いくさ》に慣れた気配がしていた。いかに強大な魔力を持つイオリであっても分が悪かろうと加勢をしたのだが、何故か当のイオリに制されてしまった。

イオリの話はさっぱり要領を得ないので、スライムのじいさんに時折解説を混ぜてもらう。

ようするに、コヤツらは大きな群れに属しており、今危害を加えるとイオリの身が危険、ということらしい。よく話を聞いてみるとコヤツらは我に畏怖の念を覚えているようだったので許してやらないこともない。そうだぞ、ガルーダは強い種族なのだ。

それからなんやかやあった。というのもニンゲンの事情は我はよくわからん。だが、イオリが今まで住んでいた巣がなくなり、代わりにニンゲンたちの群れの端に巣をつくったようだ。我は今までのテリトリーを巡回する傍ら、時折イオリの元を訪ねる生活になっている。今まで我が恵んでやっていた恩を返すように、我が来るとイオリは歓待してくるのだ。恩を返すのはこちらの方なのだが、折角用意された肉を残すのももったいないというもの。遠慮なく馳走《ちそう》になり、その分イオリを脅かしそうなニンゲンをはりきって駆逐しようと思う。

我を痛めつけたアヤツへのリベンジは……まぁもう少し先でもいいはずだ。

番外編2　保護者その2から見た世界

さて、どうなることかと思ったが、まぁ割と何とかなったんじゃなかろうか。

シロはフルフルと身を揺らしながら、こちらを見向きもしないイオリとイザークを見つめる。

場所はイオリの新たな居となった屋敷《やしき》。そしてイザークは遠いだのなんだの言いつつも足しげく通っている。シロの見立てでは、そう暫《しばら》くしないうちにこの屋敷で暮らすものが増えるはずだ。

これでやっと神様との約束を果たせるというものである。

シロは、もとはといえばあの死の砂漠においてかなり老齢のスライムであった。一応名前のようなものもあったが、ややこしくなるためシロというイオリが付けた名で通させてもらう。

シロは、もしかすると、スライム初の老衰で生を終えられるのでは、という希望を持つくらいの年齢であった。何せスライムという種族はすべての生命体の中でも最弱。年単位で生き残ることができればそれはもう偉業を達成したのと同じようなものだ。稀《まれ》に人間に使役されて長生きしたものもいると聞くが、正直いってスライムに魔力を使うよりも他の魔物に使った方が断然得だ。大半は肉壁（スライムだからジェル壁か何かだろうか）にもなれずに核を損傷して消えていく。そんなものだ。

だから神を名乗る膨大な魔力を持った輩《やから》に会ったときは大層驚いた。「これが天寿を全うしたものの元へくると噂の天の使者か」と。即座に本人の口から否定されたが。

「天からの迎えでないのなら、何故《なぜ》わざわざ儂《わし》のようなものの前に姿を現しなさった」

魔力にて思念を伝えてみる。スライム同士はこのようにして意思の疎通をはかるからだ。この膨大な魔力を持った相手なら同じようにできるだろうと判断したが、それは正解だったようで。

『意思の疎通がはかれて何よりだよ。……ただ、あまり長い時間話してはダメなようだね』

返ってきた魔力の思念はあまりにも強力で、相手をしていると今にも寿命を終えてしまいそうだ。そんなこちら側の事情を汲《く》んでくれたらしく、彼は本当に手短に伝えたいことを伝えていった。

『これからちょっと手違いで転生させてしまった変わり者の人間がここにくる。出来るだけ長生きさせてやってほしい。代わりに、君の存在を進化させておくよ。その人間が寿命で死んだあとは好きに生きて構わない。では、健闘を祈る』

それだけを伝えて、神は去っていった。

確かに、あと２文字くらい伝える情報量が多かったらこちらの身は消し飛んでいたかもしれない。伊達《だて》に最弱ではないのである、スライムという種族は。だがそれはそれとして、これはあまりにも酷《ひど》くないだろうか。

拒否権はなく、クーリングオフで返品も不可。

何故ならば先ほどから神の魔力を浴びすぎてすでに存在進化が完了していたのである。この瞬間からシロはエンペラーソルトスライムとなっていた。スライム界で運と戦闘意欲と食欲に秀でたものだけがなることができるエンペラースライム。その、ソルトスライム版だ。

だが、依頼内容がおかしいだろう。

何故最弱と名高いスライムにわざわざ護衛を頼むのか。シロが選ばれたのは、この地域のスライムの中で一番長寿だったからだろう。長生きした分、他の種族の生態に関してもそれなりのことを知っていた。だが、それだけだ。

死の砂漠と人間が呼ぶここら一帯は過酷な環境をものともしない動物や魔物であふれかえっている。どうせ護衛を頼むのなら絶対にそちらの方がよかっただろう。スライムに守られるような生き物が砂漠で生きていけるとは思えない。

と、最初はそう思っていた。

だが、実際にイオリと会ってみて、自分が適任であったとわかる。

砂漠にすむ動物や魔物は基本的に好戦的だ。勝てば食料が手に入るので当然だろう。そのため、見た目でまず威圧していることが多い。

無駄にイボイボの多いサンドワームや極彩色の砂漠烏《からす》。色彩は地味だがそもそも出会った時点で死につながる砂漠蟻地獄《ありじごく》など。

そんな連中がイオリのそばに現れるとどうなるか。

答え。木っ端みじんになる。

イオリが初めてサンドワームを見たときなどは、特にそれが顕著だった。自分で木っ端みじんにしたくせに、さらにその残骸で気絶するのだ。この、神様が手違いで転生させたイオリという娘は。

その点、シロはツヤツヤプルンとしたジェル状の生き物。怖さグロさとは無縁だ。そして、まったくもって強そうな外見ではない。

ただし、それはただのソルトスライムに擬態しているときに限る。存在進化し、キングを通り越してエンペラーとなったスライムは非常にでかい。大きさだけであれば、たいていのサンドワームに匹敵するだろう。そしてイオリは大きすぎるものにも恐怖を抱くようだった。

いくら魅惑のジェル状プルプルボディであっても、初対面でそのデカさを見せつけた場合は粉砕されていたかもしれない。一応、核が傷つかなければ死なないが、イオリの持つ魔力を全力でぶつけられたら核ごと粉砕である。死ななくても魔力の大半を失ってエンペラーからキング、あるいは普通のスライムへと格下げしていたかもしれない。

そう考えるたびに、ファーストコンタクトで無害を装おうとした自分を褒《ほ》め称《たた》えたくなるシロだった。

そんな化け物並みの魔力を持つイオリだが、生活の方はなんというか、あまりにも頼りなかった。

これは人間だから仕方がないのだろうが、まず水と食料がないと死ぬ。この世界に来たばかりのイオリは、錬金術をまだうまく行使できなかったため、危うく渇き死にするところであった。見かねて思い切り塩を吸い上げてオアシスを拡張したのは今ではいい思い出だ。そのおかげで今にも死にそうだったサボテンや椰子《やし》の木までも息を吹き返し、イオリを生き延びさせるのに一役かってくれた。

他にもイオリはシロが思ってもみないことをやらかしたり、人間のならず者相手に悲鳴を上げたりなど忙《せわ》しない。だがそのどれもが、とても濃い時間で、楽しかった。

その生活も、もうすぐで終わりを迎える。

イオリは、スライムの護衛よりももっと強そうな護衛を手に入れたからだ。

新しい護衛、イザークは人間の中でもそれなりの身分にいるらしい。身分、序列は大事だ。高ければ高いほど良《い》い。少なくともそれだけで身を守る盾となる。

神から押し付けられた思いもよらない任務だったが、思っていた以上に楽しいものだった。これで余生はゆっくりすごせる。

そう思っていたシロがウトウトと微睡《まどろ》み始めたころ、突然の来訪者がきた。

「シロー！　あんただけは私の味方よね！」

安全な後ろ盾を得たはずなのに、それでもイオリはこうやってシロに泣きついてくる。それはこの世界で一番長い時間を共に過ごしたせいか。

どうやらまだシロはイオリの護衛の役目を降りられないらしい。

あとがき

この本を手にとってくださった皆様、はじめまして。真白野冬《ましろのふゆ》と申します。

小さな頃から物語を書き始めてうん十年。まさか自分がこのようにあとがきを書けるようになるとは……と、とても感慨深い気持ちでいっぱいです。小学生の頃、夏休みの自由研究に絵本を作ったのが私の最初の完成作品です。そこから思春期の、今見ると大変恥ずかしい設定つゆだく特盛の作品から、新社会人の忙しさで筆をへし折ったりという経験を経て、今があります。学生時代にはイラストがほぼ描けない癖に漫研に所属し、会報に申し訳程度の挿絵と小説をドカンと載せたこともあったような……。

そんな私ですが、学生時代からずっと「小説家になる」と言い続けていました。その夢を笑わず、応援してくれ、時には試し読みやアドバイスまでくれた家族や友人たちには感謝してもしきれません。面と向かって言うのはこっ恥ずかしいのでこの場でありがとうと伝えたいです。周囲に恵まれまくって今の私があるんだなぁ……。ありがたい話です。

ありがたいといえば、このコミュ障という作品を見つけてくださった編集部の皆様、そしてイラスト・漫画を描いてくださったべっこ先生、佐藤里《さとうさと》先生にもこの場を借りて厚くお礼を申し上げます。感想を書くのがとても苦手なので上手く言葉にできませんが、小躍りするくらいに美麗なイラストを見て喜んでおります。

さて、このお話はファンタジーな世界に転生したコミュ障な女の子のお話ですが、皆様はファンタジーというとどのような世界を思い浮かべますか？　私は近年エオルゼアという大地に立ち、零式に立ち向かっては蹴散らされるという日々を過ごしております。ＦＦ14は……イイぞ。何がイイのかを詳しく述べてしまうとネタバレになってしまいますのでやめときます。が、とにかくイイ。ちなみに、この話の舞台となった真っ白な砂漠は、ＦＦ14のとある場所からインスピレーションを受けております。今ならソフト２つ分が無料！（ダイマ）

他にも少々ＲＰＧゲームに手を出していたせいか、異世界のヒロインであっても戦ってほしいという願望を依織に詰め込んでいます。本人の性格上あまりそんな感じはしませんが、潜在能力だけでいえば最強クラス。ただ、ポンコツです。運動能力もあまり高くはなく、砂漠ではよく転んでいます。魔法に関しても現状そこまで困っていないので向上心もあまり……。ですが、もしかしたら今後の出会いが依織を大魔法使いへと成長させたりするかも？

個人的にお気に入りのキャラクターはなんといってもシロとトリさんの人外保護者コンビです。最弱スライムに頭があがらないガルーダ。この図、とっても好きです。機会があれば彼らの普段の様子なんかも書けたらいいなぁ。皆さんはこの作品でお気に入りのキャラなどできましたでしょうか？　よければ教えていただけると嬉しいです。

あとがきって何を書けば、と読書家の友人たちに泣きついていたのですが、なんとか埋まりそうです。ではまたあとがきが書けるように依織とともに精進を続けていきたいと思います。今後ともお目にかかれますように！

真白野冬

Kラノベブックスf

コミュ障《しょう》は異世界《いせかい》でもやっぱり生《い》きづらい
～砂漠《さばく》の魔女《まじょ》はイケメンがこわい～

真白野冬《ましろのふゆ》

2023年8月30日第1刷発行

発行者	森田浩章
発行所	株式会社 講談社 〒112-8001　東京都文京区音羽2-12-21
電　話	出版　(03)5395-3715 販売　(03)5395-3605 業務　(03)5395-3603
デザイン	多賀千笑（REVOdesign）
本文データ制作	講談社デジタル製作
印刷所	株式会社KPSプロダクツ
製本所	株式会社フォーネット社

KODANSHA

ISBN978-4-06-533276-4　N.D.C.913　259p　19cm
定価はカバーに表示してあります

ファンレター、
作品のご感想を
お待ちしています。

あて先
〒112-8001　東京都文京区音羽2-12-21
(株) 講談社　ライトノベル出版部 気付
「真白野冬先生」係
「べっこ先生」係

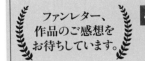